Hahnemann · Die schärfsten Sprüche

HELGA
HAHNEMANN

Die schärfsten Sprüche

Aufgeschrieben von Angela Gentzmer

Eulenspiegel Verlag

Als Henne sich beim Radio vorstellte

Chef: Sie sehen recht unbeweglich aus.
Henne: Brauchen Sie einen Moderator – oder einen Vorturner?

✷

Die besondere Zielgruppe

Neulich hat mich ein Reporter gefragt, ob ich mir vorstellen könnte, dass eines Tages der Rundfunk die Zeitung voll ersetzt. Hab ick spontan jesagt: »Ganz ausjeschlossen. Sehn Sie mal, mit Ihren Rundfunkjerät werden Sie zum Beispiel nie 'ne Fliege totschlagen können.«

✿

Auf Sendung

So, liebe Hörer, das war's für heute. Nachdem wir uns pausenlos amüsiert haben, wird es Zeit, dass wir uns unserem sozialistischen Alltag wieder an den Hals werfen. Achim! Dreh mal den Hahn ein bisschen zu, Telefon hat gebimmelt.
Hallo? Ach Sie, Chef!
Mensch, leiser, Du Idiot!

Nein, Sie doch nich, Chef! Ich bin ja ein viel zu kleines Licht, um zu beurteilen, was Sie sind. Wie finden Sie denn meine Idee, die Sendung mit dem Schluss anzufangen ...? Au, nicht doch so laut, Chef.
Darf ich – könnt ich – – gestatten Sie? Nein? Denn eben nich! (Sie legt auf.)
Intersortierter Hydrant! Dabei hatte ick mich bloß an seine Anordnung gehalten, die Sendung ab sofort anders zu gestalten. Glauben Se, liebe Hörer, dass ick mich schon kaum noch zu lachen traue? Ehrlich. Weil der Alte mich dann sofort für vergnügungssüchtig hält.
Als ich hier anfing, hat er mich gefragt: »Ich hoffe, Sie sind wenigstens ein bisschen ehrgeizig?«
Habe ick eifrig gestammelt: »Sie können sich auf mich verlassen, Chef. Ich werde nicht eher ruhen, bis ich auf Ihrem Platz sitze.«

Wie praktisch

Heute morgen sitz ich in der Straßenbahn und lese Zeitung – plötzlich – ich denke, ich spinne – sitzt ein goldiges, rundes Baby auf meinem Schoß. Ich sage: »Nanu? Wo kommst du denn her, du kleenet Scheißerchen?«
Meint eine junge Frau, die gerade ihr Fahrgeld in die Box wirft: »Entschuldigung, ich wusste im Moment nicht, wo ich das Kind absetzen sollte – und Sie sind die einzige, die einen Regenmantel anhat.«

❑

Verkehrsunfall

Gestern hat's bei uns an der Ecke mal wieder geknallt und die beiden Typen haben sich angeschrien:
»Blöde Sau, du!«
»Arschgeige, besengte!«
Zum Glück hat aber gleich ein Polizist eingegriffen und gesagt: »Moment, meine Herren, Ihre Personalien werden von mir festgestellt.«

Schuldfrage

Ich glaube, mein Süßer ist schuld daran, dass ich schon wieder dicker geworden bin. Der sagt nämlich immer: Von einer schönen Frau kann man nie genug haben.

✓

Kostümprobe im Friedrichstadtpalast

Henne: Nee, Herr Leder, dit rosa Kostüm zieh ick nich an. Darin seh ick ja aus wie Miss Piggy.

Herr Leder: Das ist kein rosa, das ist pink, Frau Hahnemann. Im Übrigen: Ich weiß, wie man Künstler anzieht (Blick auf Hennes »Buntgewürfeltes«): Im Gegensatz zu manch anderer Dame hier im Raum!

Als Kollege Achim Geld pumpen wollte

... gut, aber nur, wenn du mir versprichst, nich böse zu sein, wenn du mir die Knaddeln nich wieder geben kannst!

Capito?

Achim: Wer war'n der gut aussehende Herr, mit dem du in der Palast-Kantine gesessen hast?
Henne: Dit war mein Schwager, du Blödi! Mein Süßer darf das natürlich nich erfahren, seine Eltern haben ihm nämlich erzählt, dass er'n Einzelkind is!

◆

IN EWIGKEIT, AMEN

In Friedrichshagen, auf'm Trödelmarkt, fragt 'n Kunde: »Wat is'n dit da für'n Ding, wat sich pausenlos drehen tut?«
»Ein so jenanntes Perpetuum Mobile.«
»Aha. Und wie lange looft dit?«
»Bis in alle Ewigkeit.«
»Klasse. Denn koof ick's.«
»Bitte sehr, der Herr. Hier, vergessen Se den Schein nich. Uff dit Jerät haben Se 'n halbet Jahr Garantie.«

✗

Preisrätsel

»Es hängt an der Wand – macht tick-tack – und wenn es runterfällt, klingelt's an der Wohnungstür. Was ist das?«

Regie: »Zufall!«
»Na sagt mal, seid Ihr denn bekloppt, mir alles kaputt zu machen? Also – dis güldet nich, wir machen mal'n bisschen Musike und dann, ja?«
Anruf von Ilse Gürtelschnalle: »Ich höre eben, Sie suchen eine Quizfrage?«
»Ja – wieso? Haben Sie denn eine?«
»Selbstverständlich. Nicht verzagen, Ilse fragen. Also: Wie lange geht der Krug zum Brunnen?«
»Ach Ilse – dit is doch Käse! Bis er bricht, natürlich.«
»Irrtum, meine Gute. So lange, bis wieder Geld für Bier im Hause ist.«

BIG HELGA – THE BRIGHT SIDE OF LIVE

Alles auf der Welt geht natürlich zu – nur mein Rock, der jeht natürlich nich zu.

Hausmusik

Ick hab mir überlegt, dass ick Traudl mein Klavier vermachen werde. Bei mir steht es ja doch bloß auf der Veranda rum – alle Jubeljahre klimper ick eenmal »Brüderlein fein«. Ick hab Traudl allerdings darauf aufmerksam jemacht, dass es sehr verstimmt is. Hat se sich diebisch jefreut: »Dit is doch prima! Damit will ick ja sowieso bloß die Neumannsche unter uns ärgern.«

❖

Rien ne va plus

Siehste, ick hab wieder vergessen, Lotto zu spielen. Na ja – hab ick Jeld jespart, ich jewinne ja doch nie. Beim Skat isset anders, da räume ick jedetmal ab. Jaa – wenn se mich beim Lotto mal mischen und jeben lassen würden.

Dicke da

Jestern wollt ick mir'n Kleid kaufen, aber in meiner Größe – na ja, alle Molligen können davon ein Lied singen, stimmt's? Schließlich hab ick 'ne Verkäuferin anjeranzt: »Gibt's denn überhaupt nichts Fertiges, das mir passt?«
Meinte sie spitz: »Selbstverständlich, meine Dame. Im Erdgeschoss: Regenschirme, Taschentücher ...«

Erfolgsrezept

Ich habe gerade eine ganz irre Knoblauch-Schlankheitskur gemacht und in einer Woche 6 Pfund verloren!
Tönt es aus der Regie: »Und obendrein zehn Freunde!«

Heißer Tipp

Ein Hörer meint, ich sollte jeden Tag schwimmen gehn, da nimmt man ab. Na – ick weeß nich – Nilpferde schwimmen dauernd und sind auch nicht schlank.

Berufung

Statt Schauspielerin hätte ich auch Schriftstellerin werden können – ich habe früher schon schöne Geschichten gemacht.

Genießerisch

Holen Se mal tief Luft!
Ham Se?
Is Frühling!
Jut, wa?

Erinnern Sie sich, als die ersten Hollywood-Soaps in jedes Ost-Kämmerlein schwappten? Kennen Sie noch die Ewings aus »Dallas«? Dann genießen Sie

Hennes Adlershöfische Version

Ick frage mich die janze Zeit: Sind unsere Kunst-Erzeuger nun so bekloppt oder tun se bloß so? Wo jedet Kind heute schon weiß, dass die janze Welt sich nur noch von Fernseh-Serien ernährt. Wenn die Macher nich immer bloß bis drei zählen würden, könnten wir mit unsern Produkten längst in die Übersee-Mattscheiben einjebrochen sein. Leute, die zu allem fähig sind, ham wa doch. Hatten wir jedenfalls. Obwohl se einem durchs Fernsehn nich verloren jehn, wa? Aber ooch schon der kleinste Werktätige is ja bei uns 'n großer Schauspieler. Was für 'ne Vorstellung muss der jedesmal jeben, um an die lumpige Prämie ranzukommen, stimmt's?? Na – und Jeschichten für die schönsten Familientragödien liegen doch überall inne Kühltruhen von jedem Konsum rum.
Z.B. könnte Herbert Köfer 'n unjelernten Werkleiter spielen. Aber nun nich an so 'nem kahlen Schreibtisch, mit hinter seinem Rücken dit Brett mit dem fingierten Plan – nee, anne Bar lümmelt der sich rum und telefoniert mit seine Mutter: »Mum? What's about the Plan?«

Ach Quatsch – englisch! Dit soll doch 'n Zonen-Knaller werden. Entschuldigung! Also: »Mamma? Sag mal, liegen wir mit 80% Ausschuss eigentlich noch gut im Rennen? Jaa – wir produzieren im Moment nur Kacke. Dafür kann ich aber nichts, Mamma, wenn mein ›Großer Bruder‹ mir nur Müll zuliefert. Was sagste? Warum wir die Piepeliene nich anzapfen? Mensch Mamma, weißte denn überhaupt, wo die liegt? Nein – nich deine versoffene Schwiegertochter – die Trasse, wo unsere Künstler-Agentur sämtliche Singezähne bis zum Erbrechen ›Kalinka‹ jodeln lässt.«

Nun kommt seine Sekretärin – sowat wie Jutta Hoffmann – und sagt in schönstem Hochdeutsch: »Horsche mal, Ätsch-Kä, draußen steht e Sohn von dir. Darf er rein?«
»Hm – kenn ick den?«
»Geene Ahnung. Ich gann mich schließlich nich um jeden Dreck gümmern.«
»Hat er seinen Ausweis bei sich?«
»Nee, nur e Grabstein mit seinem Namen, aber

ooch noch falsch geschrieben – ›Ewing‹ mit ›U‹ vorne.«
»O.k., sollen die Staatlichen Organe den erstmal in die Mangel nehmen. Is jut, Erna, kannst wieder an deinen Kaffetopp gehn.«
»Soll er nu rin oder nich? In Folge 399 haben se ihm doch schon eens vor de Rübe gegäben und sterben lassen.«
»Mein Gott, denn kriegt er eben eene neue Visage – wo is denn da das Problem?«
Jetzt ruft er seinen Kumpel an: »Grüß Gott, Genosse, Ätsch-Kä hier, hör mal, Igon, wir beede haben doch damals zusammen die Talsperre gebaut in – richtig – sag mal, hab ick da etwa noch wat anderes jebaut? Hier taucht so'n Bengel auf – wie bitte? Ja – jenau – rote Haare wie so'n Feuermelder. Hm? Ach – du Scheiße! Hör uff – ›Wanderpokal‹ haben wir die jenannt. Alles klar, Igon!! Ciao!«
Grade will er seine »Blauen Jungs« aus de Kantine in die Werkstatt scheuchen, wo se mit'n Kännchen Öl die Bremsen vonne Trabanten schmieren sollen, da klotzt so'n Lulatsch mit'n Cowboyhut auf'm Dez int Zimmer, schmeißt die Beene auf'n Tisch und grunzt: »Hi, Pappa!« Ätsch-Kä erkennt natürlich gleich an dem seinen großen Zinken, dass ihm dit Malheur ähnlich sieht, macht aber auf Monogramm und tut so, als wenn Fremdgehn 'n Fremdwort für ihn is, worauf sein Filius ihm freundlich seine Faust

in die Magengrube packt und nett erinnern tut: »So, Alter, ick gratuliere dir zu deinem neuen, verantwortungsvollen Posten. Ab morgen bist du Soli-Marken-Verkäufer! Ick bin nämlich der neue Parteisekretär und hab dich einstimmig gewählt.«

Ostern im Studio

(Zu den Kollegen:) Fertig! Könnt reinkommen und suchen.
Schönen guten Morgen, liebe Hörer, das is vielleicht 'n Bild hier: Meine Kollegen kriechen auf allen vieren vor mir rum und schnüffeln in alle Ecken. Na, sagt mal, Ihr Blödis, seht Ihr denn den Wald vor lauter Bäumen nicht? Hier sitzt doch Euer Osterei. Mann Mann. Dabei hab ick mir extra noch 'ne Schleife um meinen hübsch bemalten Eierkopp gebunden.

✣

Déjà-vu

»Achim, wie heißt denn die neue Kollegin da?«
»Dit is Bruni!«
»Und weiter?«
»Inselsberg.«
»Siehste, die kam mir doch gleich so bekannt vor. Die kenne ich nämlich aus Tabarz.«

Abgefahren

Jestern Abend kommen Dagmar Frederic und ick auf den S-Bahnsteig Friedrichstraße jehetzt – und da fährt die Bahn uns glatt vor de Neese weg. Konnte ick mir natürlich nich verkneifen, Dagmar anzumeckern: »Hättste nich so rumjebummelt, olle Anna, hätten wir den Zug noch jeschafft.«
Darauf Dagmar: »Und hättest du nicht dauernd gedrängelt, doofe Nuss, brauchten wir jetzt nicht so lange auf den nächsten zu warten.«

♣

Ich liebe euch doch alle

Wat jibt's denn heute im Fernsehen? Ach, wieder Fußball. Also, ick mach mir nischt aus dem Jebolze. Mich reißt nich mal Mielke sein Verein – also ick meine den anderen, »Dynamo« – vom Sessel. Von mir aus könnte es Fernseher jeben, die sich bei Fußball automatisch abschalten.

*

OSTERÜBERRASCHUNG

Wir sind Ostern zu Hause jeblieben. War aber auch janz nett. Ick hab mir stadtfein jemacht, und mein Süßer hat mir die teuersten Lokale jezeigt. Von außen!

Irren ist menschlich

Meine Nachbarin kam jestern ganz aufjeregt zu mir rüber und hat sich beschwert: »Unsere Post, die kann einen vielleicht erschrecken! Vorhin kriegt Hugo 'n Telegramm, wo drin steht, dass sein Vater in Dresden verstorben is. Natürlich wollte er sich gleich in tiefe Trauer auf de Socken machen und kieken, ob wat zu erben is, nich? Da sehe ick durch Zufall nochmal uff die Adresse von dit Telegramm – da ist dit jar nich für Hugo'n, sondern Jott sei Dank bloß für seinen Bruder.«

HÖRERZUSCHRIFT

Brief einer Deutschlehrerin: »Alle Schüler, die mit ihrer Muttersprache schludrig umgehen, das heißt ›als‹ und ›wie‹ verwechseln oder falsch verwenden, ›ebend‹ sagen statt ›eben‹ u.s.w., zahlen bei falschem Gebrauch 10 Pfennige in einen Topf.«

Henne: »So, Frau Doktor, ich lege schon mal einen Groschen für Ihnen aus, ja? Mit mehr kann ich Sie leider nicht dienen, weil mir so simple Fehler als wie Ihre Schüler sie verzeppen, ebend nie unterlaufen. Aber es ist ja besser, wenn der Lehrer mit einem Topp durch die Klasse wandert, eher die Kinderchen nachher noch völlig von ihre schöne Muttersprache verlassen sind, nich?«

Für einem gepflegten Deutsch

Kinderchen, man gewöhnt sich an allem – sogar am Dativ.

Henne international

Spricht von Ihnen zufällig einer japanisch? Ich kann leider auch nur zwei Worte: Sayonara – also tschüss – und Ken-tu-mi – das heißt Zimmer.
Habe ich neulich im Palast-Hotel mitgekriegt. Da fragte nämlich ein Japaner an der Rezeption: *»Ken-tu-mi?«*
Meint der Hotelportier ganz perplex: *»Nee, wie heit du denn?«*

Gut aussortierte DDR-Kaufhalle

Siehste, Klebstoff darf ich heute auf keinen Fall vergessen, ick hab nämlich immer noch nicht meine Urlaubsfotos eingeklebt. Gestern wollte ich mir zwar schon welchen kaufen, aber die Verkäuferin hat achselzuckend gesagt: »Ja, Klebstoff haben wir da, aber wir kriegen ihn vom Regal nicht los.«

*

Pech gehabt

Neulich höre ich, wie der Verkaufsstellenleiter zu einer jungen Kollegin sagt: »Na, Fräulein Krause, Sie kommen ja eine geschlagene Stunde zu spät. Wohl die ganze Nacht bummeln gewesen, was?«
Meint die Kleine erstaunt: »Na hör mal, Robert, das musst du doch am besten wissen.«

Als Techniker Achim zu spät kam

Henne: Pass mal uff, mein Süßer, um fünf nach halb neune hättest du hier sein sollen.
Achim: Warum denn dit? War da was besonderes los?

✓

BIG BUSINESS

In meiner Show fange ich jedesmal bei »Las Vegas« an und höre zwangsläufig bei »Las Wurzen« auf.«

✖

Anruf von Ilse Gürtelschnalle

»Sie haben mich sicher schon heftig vermisst, gell? Ich hatte nämlich eine Rennsteigwanderung unternommen.«

»Dufte, richtig so mit Rucksack und Zelt?«

»I wo, mit meinem Trabi.«

»Dann ist es doch keine Wanderung, Ilse.«

»I wo, Sie kennen meinen Trabi nicht. Der hat sich von mir die Berge rauf- und runterschieben lassen.«

»Was hat ihm denn gefehlt?«
»Benzin – was sonst?«
»Hätten Sie vielleicht mal tanken sollen.«
»Wollte ich ja, aber der Tankwart war sehr unfreundlich, als ich ihm einen halben Liter Benzin abkaufen wollte. Und ein Becherchen Öl natürlich.«
»Ach – einzeln geben se die Öltropfen nicht ab?«
»Ich habe mich ja gar nicht mehr getraut, darum zu bitten, denn dieser Mensch hat mich ganz hämisch gefragt, ob ich nicht noch Luft brauche, dann würde er mir mal kurz in die Reifen husten.«

✗

Kulturvoll

Goethe, Schiller, Kleist –
sind für die Leitung doch bloß
Einschaltquotentöter.

❄

Überholen ohne einzuholen

Ein anderes Mal entschuldigte Achim sein Zuspätkommen mit einer Autopanne.
Henne: Jut jut – ick nehme alles zurück – dein Trabant ist kaputt gegangen. Du musst den mal gründlich überholen lassen. In der Werkstatt, meine ich – nich von Fußgängern.

Klare Sache

Bei unserem Chef kommt man sich immer vor wie in der Prüfung. Neulich wollte er wissen, was ich von Storm halte. Hab ich jesagt: »Gar nichts, Chef. Ich bin für windstilles Wetter und Sonnenschein.«

❄

Zu Gast in der Sendung Top(p)-Musike: Alfred Müller

»Ick werd verrückt, Alfred mit Bart. Ganz ungewohnt. Du siehst 'n bissel aus wie ...«
»Wie's Sandmännchen, was?«
»Nee – wie irgend 'n Klassiker mit Bart ...«
»Etwa Karl-Eduard?« (Schnitzler)
»Ha, jetzt hab ich's: Wie Richard, der III.«
»Komm – der hatte doch bloß so 'nen kleinen Zickenbart.«
»Ich spreche ja von meinem 3. Richard, mit dem ich mal verlobt war.«

Immer Kavalier

»Hast du Hobbys, Alfred?
Spielst du Tennis, Golf oder Schach?«
»Schach würde ich nie spielen.«
»Weil man zu viel nachdenken muss?«
»Nee, weil es beim Schachspiel erlaubt ist, die Dame zu schlagen.«

Verteilte Rollen

»Sag mal – hat dir die Rolle als Tierdoktor Spaß gemacht?«
»Klar, schön, aber anstrengend. Du kannst dir ja vorstellen, wenn man einen Bernhardiner auf den Behandlungstisch heben muss – ohne meine drei Zehen Knoblauch morgens hätte ich das nicht durchgehalten.«
»Hat dich auch mal einer gebissen?«
»Ach wo – ich hatte doch immer Helfer dabei, die mussten dann während der Dreharbeiten die Schnauze halten.«

... und stillgestanden!

»Was is denn dein Lieblingsessen?«
»Kartoffelpuffer.«
»O ja – die ess ick auch für mein Leben gern. Bloß – die olle Backerei – mit zwee Pfannen – denn kleben se unten an – man kriegt se nur in Fetzen raus.«
»Nö, ich hab da meine eigene Methode: Ich stelle die Puffer in der Pfanne hochkant.«

*

Wilde Ehe

»Ich finde, Tiere sind sehr klug.«
»Stimmt. Katzen sind oft klüger als ihre Herrchen und Frauchen.«
»Weiß ich. Ich habe ja selber zwei. Sag mal, Alfred, kennst du eigentlich meine Nachbarin, Traudl Schulze?«
»Sicher. Ich war ja mal mit ihr verheiratet.«
»Ach nee – wann denn?«
»Voriges Jahr – im Friedrichstadtpalast.«
»Ach ja, stimmt. Da hat die dich doch angeschrien: 26 Jahre biste mit mir verheiratet, nun sollste ooch nich mehr glücklich werden.«
»Genau. Deshalb konnte ich mir auch nicht verkneifen, ihr noch eins mitzugeben: Lieber Gott, wenn du dieses Weib auch so lieb hast wie ick ihr, denn nimm sie doch bitte zu dir.«

Nach einem Gastspiel in Stuttgart

Schweres Arbeiten. Ick meine, in Berlin bin ick bekannt wie'n bunter Hund – aber für die Stuttgarter war ick so bekannt wie ein Kommunalpolitiker aus der Mongolei.

Endlich wieder daheim, hier in meinem kleinen Rundfunkchen und bei Euch, liebe Hörerchen. Hier ist alles noch so, wie ich's verlassen habe – sogar die kaputte Tasse mit dem vergammelten Kaffeesatz steht immer noch rum – und meine goldigen Kollegen haben mich auch gleich wieder erkannt und einander zugeraunt: »Achtung, der alte Besen ist wieder da.«

Meine Nachbarin hat mich auch gleich überfallen: »Na, Sie haben's aber bei die Schwaben lange ausgehalten. Sind die Spätzle Ihnen nich zu de Ohren rausgekommen? Mir brauchen Se von die ›Sturgarder‹ nischt zu erzählen, ick war einmal da – bei meine Cousine – dit hat mir gelangt. Sind se mit mir ins Theater jegangen, ja? Und – was ick jetzt erzähle, is keine Spinne: Der zweite Akt von dit Stück hat fünf Jahre später jespielt. Hab ick zu meine Verwandten gesagt: Also – wenn Ihr so lange warten wollt, mir isses egal, ick hau jedenfalls ab.«

✣

Lebensphilosophie

Sie glauben ja nicht, liebe Hörer, was ich für'n Heimweh hatte. Vor allen Dingen nach meine Kartoffeln. Hab erstmal 'n ordentlichen Berg verdrückt, damit ick wieder auf de Beine komme, und so bei mir jedacht: Manchmal denkt man, es geht einem schlecht – aber wenn es einem denn plötzlich noch schlechter geht, weiß man erst, wie gut es einem gegangen is, als es einem schlecht ging.«

♦♦♦

ANRUF

Hallo? Ach – du bist es. Wie bitte? Der Neumann von gegenüber hat gefragt, ob er den Rasenmäher haben kann? Um Himmels willen, den hast du ihm doch nicht etwa jegeben? Doch? So – den sehen wir nie wieder. Wieso nicht? Mensch, weil dit seiner is!

Nach einem Besuch in »Wien, Wien, nur du allein!«

Hab i Eahna schon erzählt, dass i heuer in der »Weaner Burg« war? Da, wo der Herr Brandauer sein »Hier steh i – i kann auch anders« zu den Rängen hochflüstert, gä? Als ich mir ein Billett kaufte, hab ich das Madel an der Kasse gefragt, ob der Platz auch schön nah an der Bühne dran ist. Meinte sie lieb: »Freili, gnä Frau, noch a Platzerl näher und Ihr Name würde im Programmheftl stehn.«

▲

Böse Nachrede

Mein Kollege sagt mir eben, die Maria Brandauer soll bei ihren Kollegen nicht sehr beliebt sein. Also – erstens ist die Maria keene Maria, sondern ein Mann, gell? Und zweitens, mein Süßer, ist das purer Kollegen-Neid, verstehste? Und diesen Neid, den muss man sich hart erarbeiten.

☎

Anruf vom Chef

Ja sicher haben wir in der DDR auch gute Theater, Chef. Selbstverständlich kenne ich das Deutsche Theater, Chef, und ich weiß, dass wir hervorragende Schauspieler haben – und tolle Bühnenbilder – dit heißt, meistens stellen sich die Akteure ja leider davor. Wie bitte? Als was ich Goethe bezeichnen würde, wenn er noch lebte? Tja – äh – vielleicht als den ältesten Bewohner unseres Landes?

✶

Sonderwünsche

So – und was soll dit hier sein, Achim? Ein Musikwunsch? »Spielen Sie bitte am 20.2. um 9.27 Uhr den Titel: Talg is bottu. Aber pünktlich, weil ich um diese Zeit meinen 8 Monate alten Sohn aufs Töpfchen setzen muss und er bei dieser Musik besonders gut – u.s.w.« – Also Kinder, ihr könnt mich doch nich erpressen – und schon jar nich ein jeschäftemachender Säugling, eh. Los, fahr den Titel ab, Achim. Welchen? Junge: »Talking about you« natürlich.

Zu Gast in der Top(p)-Musike:

TRAUDL SCHULZE,

Hennes (angebliche) Nachbarin

»Stellen Se sich mal vor, mein Oller looft jeden Tag 10 km, weil er abnehmen will.«
Staunt Henne: »10 km? Dit is aber viel. Hat er dadurch denn schon an Gewicht verloren?«
TRAUDL: »Keine Ahnung, inzwischen is er ja nun schon 380 km weit weg.«

✶

Jeder nach seinen Bedürfnissen

Hab ich doch neulich 'nen Playboy im Hüftgürtel über die innerdeutsche Grenze jeschmuggelt, weil man von unserm Partei-Organ Neues Deutschland sexuell überhaupt nich anjeregt wird. Außer erfundene Leitartikel passiert bei uns doch nischt – oder haben Sie schon mal jehört, dass'n Werkleiter oder 'n anderet hohet Tier sich 'ne Milljon einjesackt hat und damit abjehaun is? (Pause) Jott, wo soll er ooch hin, nich?

... mit weiteren Niederschlägen ist zu rechnen!

Einmal hat Traudl schon früh um 6 Uhr bei mir Sturm gebimmelt und verlegen gefragt: »Haben Sie zufällig 'ne halbe Pulle Schnaps da, die Sie mir borgen könnten?«
Ick sage: *»Schnaps? Auf nüchternen Magen? Kriegen Sie denn das Zeug überhaupt runter?«*
Meint se: *»Ach wo – ick doch nich. Damit will ick bei Hugo Wiederbelebungsversuche machen. Dem habe ick nämlich eins mit der Pfanne vor'n Deez jehaun, weil er erst um fünfe zu Hause jekommen is. Dabei hatte ick Kamuffel janz verjessen, dass der Arme Nachtdienst jehabt hat.«*

✦✦✦✦✦

Palast der Republik

Ick gloobe, die tiefsten Eindrücke hinterlassen hier die gelben Sessel.

MIETERZORN

Jetzt hab ick die Düssels uff de Wohnungsverwaltung aber mal ordentlich Feuerwerk jejeben. Ick sage: »Hören Se mal, Herr Kommunaler, unsere Zimmerdecke ist so undicht, dass et bei dem Mistwetter jeden Tag ins Essen regnet. Wie lange soll denn dit so weiterjehn?«
Da kiekt der Mensch mir verwundert an und meint: »Kann ick Ihnen nicht sagen, gute Frau, ick bin schließlich kein Wetterprophet.«

*

Urlaubsfreuden

Schön – über Thüringen kann man eigentlich nich meckern – bloß in unserm Hotel, da hatten se nich mal Vorhänge anne Fenster. Hab ick natürlich sofort reklamiert, aber die Wirtin meinte janz locker: »Aber, meine Gudste, außer dem Thüringer Wald guckt Ihnen doch niemand in die Fenster nein.«
Ick sage: »Dit is nich die Frage, liebe Frau, bloß – mit wat sollen wir denn nun unsere Schuhe putzen?«

Up to date

Mein Lieblingstitel is:
»Abba am Abend, da spielt der Zigeuner.«

➤

Dinner for four

Hallo, ich möchte für heute Abend einen Tisch für vier Personen bestellen. Zu 19 Uhr. Ach, eine Frage noch: Ab wie viel Uhr ungefähr können wir mit dem Kellner rechnen?

✷

Liefer-Service made in GDR

Eben treff ich auf'm Gang 'ne junge Kollegin und sage, mit Blick auf ihr Bäuchlein: »Täusche ich mich, oder wirst du bald Mama, meine Kleene?«
»So isses. Bin schon im 5. Monat. Eigentlich wollten wir uns ja erst mal ein Auto anschaffen, aber dann haben wir uns doch für ein Baby entschieden, weil die Lieferzeit da kürzer ist!«

Traudl macht Urlaubsvertretung

Der Tontechniker erklärte Traudl das Nötigste, und schon legte sie los: »Ja – is jut, ick hab's kapiert, bin ja nich bescheuert. Du brauchst nur mit deinen Oogen zu klappern hinter deine Scheibe, denn reiß ick meine Klappe auf und sage, wat die Uhr jeschlagen hat. He, wat is denn nu? Siehste nich, dass die rote Lampe hier noch brennt? Wie? Ihr fahrt immer bei rot? Na – denn braucht Ihr Euch nich zu wundern, wenn Ihr eines Tages unter die Räder kommt. Huhu! Liebe Hörer, können Sie mir sehn? Oma, hier bin ich! Die Frau Hahnemann hat mir nämlich händeringend die Pistole auf de Brust jesetzt, heute mal die Top(p)-Musike zu – äh – konferenzen. Ick bin ja nun 'n feines, stilles Wesen, von mir werden Sie nich viel zu hören kriegen – höchstens, was der freche Kerl von Wachtmeister vorhin am Tor zu mir jesagt hat, als ick höflich von ihm wissen wollte: Komme ick durch dit Tor hier in'n Rundfunk rein?

Da meint der Kerl: ›Warum sollen Sie denn da nicht durchkommen? Unsere Ü-Wagen passen ja auch durch.‹«

Das Lied von der Kanone:
ICH KANN OHNE DICH NICHT LEBEN ...

So – und wat liegt hier für ein Wisch rum? Ach so – da haben se die Musike draufjeschrieben, die ick heute spielen soll. Hallo, du da! Ja – der Lange. Lass mal dit Ding hier abjehn. Moment, ick lese vor: »To knoff him – is to loff him.«
Tss – der kiekt wie'n Auto. Verstehste nich, Mann? Ick denke, Ihr habt hier alle Abitur??
So – der nächste Titel jeht nach Kyritz an der Knatter und heißt »Fremde Inder«.
Als der Tontechniker den Kopf schüttelt, entrüstet sie sich: »Sag bloß, den kennste ooch nich?«
Sie singt mit schriller Stimme:
»Fremde in der Nacht, die sind so einsam ...«

*

Störfaktor M

Momentan zieht er ja mit so 'nem blonden Gift rum, Maureen heißt die wohl. Dienstag hab ick sie mir vorjeknöpft und jefragt:
»Mal ehrlich, Frollein: Is wat zwischen Ihnen und meinem Sohn?«
Da sagt dieset Luder:
»Nur Sie, Frau Schulze.«

Gänsesängerin – bei Aschinger

Wissen Se, dass ick früher mal Sängerin werden wollte? Ehrlich!

Ick hab zu Hause den ganzen Tag Tonleitern geübt – auf'm Klo und so – wo ick grade was zu tun hatte. Bis die Nachbarn gemerkt haben, dass ick kein normaler Mensch bin und jesammelt haben – damit ick bei einem Jesangslehrer Unterricht nehmen konnte. In ner anderen Stadt natürlich. Und dit erste, wat ick da kennen jelernt habe, war Hugo – und zwar gleich nach dem ersten Nervenzusammenbruch von meinem Lehrer.

Sein letzter Versuch war denn noch: »Heimat – süße Heimat« – aber denn war Mario schon da – mein Sohn.

Ick gloobe, die Frau Hahnemann hat Ihnen ja schon mal erzählt, wat dit für'n Filou jeworden is. Bräute schleppt der mir zu Hause: Jestern hält mir die blöde Neumann an und saftelt rum: »Sie, ick habe jesehn, wie Ihr Mario meine Jacqueline jeküsst hat. Ick hoffe, der Lausebengel hat wenigstens ernste Absichten.«

Ick sage: »Irgendwat wird mein Sohn sich schon dabei jedacht haben, denn so, wie Ihre Tochter aussieht, küsst die keiner zu seinem Vergnügen.«

Die 3. Lanze von links

Nachdem der Titel »La Paloma« mit Hans Albers verklungen ist, schluchzt Traudl: »La Paloma ade! Ick kann Ihnen jar nich sagen, wie jerne ick heule.
Ick hatte ja sojar anjeboten, in dem Film, den die Frau Hahnemann jedreht hat, mitzuspielen, weil ick auf Bestellung heulen kann – Tränen bis auf de Erde. Aber die haben ja nur Männer als Komparsen jesucht, solche mit ›ergebenem Gesichtsausdruck‹.
Ehemänner habense bevorzugt anjenommen.«

*

Kein Schwein ruft mich an

Eigentlich müsste ick mir ja jetzt'n Stündchen aufs Ohr legen, heute Nacht um drei hat mich nämlich eener wie verrückt mit Telefon rausjebimmelt. Ick war so erschrocken, dass ick am ganzen Leibe jezittert habe. Und – wat war? Falsch verbunden. Bloß jut, dass unsereins sich beherrschen kann, ick habe lediglich jesagt: »Macht nischt, schließlich kann sich jeder gottverdammte Idiot mal verwählen.«

Kunststück

(IN RICHTUNG REGIE:) Wat war denn dit für ein grässlicher Musik-Titel, den Ihr da eben abjelassen habt? Interessiert mir nich, wat die Hörer schön finden, wir machen hier Kunst. Und Kunst darf sich nich nach'm Publikumsgeschmack richten, sondern dit Publikum wird so lange erzogen, bis es künstlerisch ist, verstanden?

PROBLEME?

Fragen Sie Frau Helga!

Übrigens – die Frau Hahnemann habe ick ja neulich »Saures« jejeben. War se auch total verdattert, wat bei ihr selten vorkommt. Ick habe se nämlich angebläkt: Haben Sie nich von der Bühne runter behauptet, wenn eine Frau ihrem Mann sein Abendbrot in schwarze Unterwäsche mit Strapse auftischen tut, denn wird ihre Ehe wieder wie neu? Ick dummes Ding habe dit natürlich jeglaubt und meinem Ollen Bratkartoffeln in schwarze Spitze serviert. Na – ick dachte, den trifft der Schlag.
Nich, weil er nun Appetit uff mir jekriegt hat – nee, weil er dachte, mit seine Mutter is wat passiert.

MÄNNER!

Als Achim, der Tontechniker, mit einer Tasse anbalanciert kommt, wehrt sie ab: »Keinen Kaffe, mein Kleener. Dürf ick nich mit meine Galle. Hab grade 'ne Operation hinter mir. Eine Woche lang bin ick dem Totengräber jeden Tag vonne Schippe jehopst. Hugo hat dit natürlich überhaupt nich tangiert. ›Wat meinste, wat ick für 'ne furchtbare Woche hinter mir habe‹, hat er mir vorjestöhnt. ›Montag bin ick vor der Glotze einjedrusselt, hab mir'n Loch ins Hemde jebrannt – Dienstag war keen Bier mehr im Kühlschrank – Mittwoch is Kegeln ausjefallen, weil Paul, der Sack, auf Eis jelegen hat – und jestern hab ick durch den janzen Stress uff Arbeit noch den Feierabend verpennt.‹«

Gedichtetes

▼

Ist der Mai kühl und nass
macht's auch mal
im Trabi
Spaß!

Spielverderber

Neulich is Hugo'n wat janz Entsetzliches widerfahren: Er spielt, wie immer, mit seine Kumpels Skat, und Emil – der mit die rote Neese – sagt 'n »Grand mit viere« an, fällt vom Stuhl – dot! Hugo sagt, dit is allen derart in die Knochen jefahren, dass sie sich nichmal jetraut haben nachzukieken, ob olle Emil tatsächlich 'n »Grand mit viere« jehabt hat.

✕

Künstlerleben

Stundenlang sitz ick im Parkett und kuck zu, wie unser Ballett sich als »Glühwürmchen« rumschindert – neben mir hocken zwei Bühnenhandwerker, und der eene fragt, als die Musik losjeht:

»Sag mal, is dit nich Paul Lincke, eh?«

Meint der andere:

»Bist du bekloppt?
Kennst du Matti,
unsern Klavierspieler nich,
Mann?«

Urlaubserlebnisse

Sagen Se mal, liebe Hörer, wissen Se denn schon, wohin Sie dieset Jahr in Urlaub fahren? Also – wenn ick Ihnen 'n Rat jeben darf: Mieten Se sich bloß keinen Bungalow! Wir hatten nämlich eenen – für'n janzen Juli. Gleich hinter K.W. – janz vereinsamt jelegen uff 'ner Seezunge – voll möbliert mit Angelkahn und Innen-WC. Ick höre Hugo noch wie heute sagen: »In diese entfernte Zivilisation findet uns kein Aas, Mutta.« Hat sich 'ne Hängematte an'n Oberkiefer jebunden und erst mal Fiesta jehalten. Ick hatte grade Kaffe aufjebrüht und dabei janz sinnich 'n Lied von Joethe vor mir hinjeträllert: »Über alle Witwen is Ruh« – als mir plötzlich ein schrillet »Huhuu« zur Salzsäule erstarren ließ. Erst dacht ick noch: Lieber Jott, lass et bitte bloß die Bonzen bei de Treibjagd sein, die uns umzingeln – aber et war Grete mit die Kinder! Die jesamte andre Mischpoke kam mit ihre Autos und Motorräder gleich bis uff de Veranda ruffjeknattert und is über meinen Bienenstich herjefallen. Anschließend lagen se volljefressen uff meine Frotteehandtücher rum und hatten Durscht.

Ick sage: »Ja Kinder, wenn Ihr saufen wollt, müsst Ihr Euch wat von zu Hause mitbringen.« Au, da war Grete schwerbeleidigt: »Die eigene Schwester gönnt einem nich mal so'n lumpjet Biwer. Ihr schiebt hier einen Lenz, und unsereiner hat die janze Woche jeschuftet. Aber – wir können ja ooch wieder jehn.«

Also hab ick Hugo mit vorjehaltene Faust jezwungen, sein jutet Pils rauszurücken. Nachher brauchte er selber nich mehr zu loofen, da kannten se dit Versteck. Im Hinterkopp hatt ick immer: Mensch, lass se doch. Spätestens um sieme machen die sowieso die Hacke, damit se zum Fernsehen noch zurechte kommen. Ja – denkste!!

»Weißte was?«, hat Tante Hertha jesagt, »ick und die Kinder werden zum Abendbrot Pilze schießen jehn.«

Ick sage: »Wat is? Herthakin, dit wird doch gleich duster.«

»Na und?«, meint Onkel Helmut, »denn hängen wir Champignons inne Bäume. Um Hertha'n mach dir man keenen Kopp, die wartet schon 30 Jahre druff, dass ihr mal'n Kerl im Dunkeln bejegnet.«

Bis auf einen Fliejenpilz hatte die Tante keene Pilze weiter jefunden, aber durch Zufall 'ne alte Freundin mit ihrem Mann und die Freundin von ihre Freundin. Mit die Horde kam se strahlend an und hat mir zujeflüstert: »Hast doch nischt dajegen, wa, Traudl-Maus? Wo eener satt wird, werden ooch zwanzig satt, stimmt's?«
Nachdem se meinem Fleischvorrat für eene Woche verschlungen hatten, ham se jefragt, welchen Eimer se für Bowle nehmen sollen. Ick sage: »Moment mal – dit is doch nich euer Ernst? Wollt Ihr Euch etwa blau ant Steuer setzen?«
»Da muss ick ihr inne Seite treten«, hat mein Schwager sich jemeldet, »sowat wär ne Sauerei! Deshalb bleiben wir natürlich hier.«
Ick konnte nur noch stammeln: »Aber Kinder, Ihr seht doch, wie beschränkt wir sind, wollt Ihr denn hier wie die Ölsardinen lagern?«
Wat soll ick Ihnen sagen? Die hatten 'ne komplette Zeltausrüstung für 24 Personen mit. Hat auch nischt jeholfen, dass Hugo sie mit die Hiobsbotschaft überrascht hat, dass die janze Jegend nur so von Wildschweine wimmelt. Im Jegenteil. Grete hat jemeint: »Schweine in freie Wildbahn benehmen sich meist manierlicher als die, die nachts uff alle viere aus de Kneipe jekrochen kommen.«
Hat Helmut natürlich sauer reagiert: »Also – ob ick dit mit die olle Xantippe 14 Tage lang aushalte, is noch sehr die Frage. Jott sei dank reitet in drei Tagen meine Brigade hier ein, da kriegen wir Nachschub an Bier und knackige Weiber. Los, Kinder, jetzt nehmen

wir erst mal einen zur Brust und dann auf, zur Polonaise: Wo is mein Jeld bloß jeblieben? Wo? Wo? Wo?« »Tja«, sag ick, »Hugo und ick – wir würden ja liebend gerne noch länger zusehn, wie Ihr hier aus dit Jelände ne Müllkippe fabriziert, aber leider müssen wir uns verabschieden. Wir können nämlich ohne Fernsehen nich leben!« Dit hat se natürlich einjeleuchtet, aber beim Aufwiedersehnsagen mussten wir versprechen, falls wir uns mal so richtig erholen wollten, sollen wie se ruhig mal 'n Stündchen besuchen.

*

Versöhnt

Junge Junge – Engpässe über Engpässe – sogar im Blumenladen. Was soll ich Ihnen sagen, vor mir kauft 'n Mann sämtliche Nelken, die da waren, weg: 50 Stück! Erst wollte ich natürlich ausrasten, aber dann musste ich doch über die Verkäuferin lachen, weil die kopfschüttelnd sagte: »Mein lieber Mann, Sie müssen ja was Dolles angestellt haben, dass Sie Ihre Strafe so hoch ansetzen.«

Casting

Jeden Tag habe ich Reiten jeübt und jehofft, ’ne Rolle in einem Indianerfilm zu ergattern, aber den Filmvertrag hat leider mein Pferd jekriegt.

✔

Prominenten-Rennen in Karlshorst

Das war ein riesiges Erlebnis für mich. Stellen Sie sich vor, im ersten Rennen war ich sogar Zweite. Ehrlich! Mein Hengst »JAROS« und ick – wir sind jelaufen wie die Götter. Obwohl man doch allgemein sagt, wenn man was werden will, sollte man lieber kriechen statt laufen. Allerdings – in der ersten Zeit hatte ich ziemlichen Respekt vor den Pferden – also, wenn die angetrabt kamen, bin ich vorsichtshalber ’n bisschen aus’m Weg gesprungen. Hat mein Trainer mich grinsend gefragt: *»Na Helga, Angst?«*

»Quatsch«, hab ich großspurig geantwortet, *»dit mach ick aus purer Höflichkeit.«*

Reizen Sie meinen Hund nicht!

Als ich zur Parade einfuhr, hat die Kapelle gespielt: »Jetzt kommt Dein Süßer«, und Traudl hat dit Lied lauthals mitjesungen. Daraufhin fing ein Pudel, der in der Nebenloge saß, an zu knurren. Meint Traudl zu seinem Herrchen: »Sie – will der Köter wat von mir?«
»Ach wo«, hat der Mann sie beschwichtigt, »so reagiert der auf jedes Gejaule.«

*

UNKOLLEGIAL

Leider war ich im letzten Rennen bloß 6. – obwohl ich vom Start prima weggekommen bin – aber nachher hatten mich O. F. Weidling, Lippi und Uwe Jensen regelrecht eingekeilt und haben mich einfach nicht durchgelassen. Mein Trainer war auch nicht so richtig zufrieden und hat tadelnd gesagt: *»Helga, eigentlich hättest du schneller sein müssen.«*
»Wollte ich ja«, hab ick jemeckert, *»aber du hast mir doch eingeschärft, dass man immer beim Pferd bleiben muss!«*

Horse-shoes are lucky

Zuguterletzt hatte ich dann aber doch noch mächtiges Glück – jawoll!
Ich habe vier Hufeisen gefunden: Die habe ich meinem Wallwiener (Trainer) unter die Nase gehalten und gejubelt: »Kuck mal, was ich hier habe. Weißte, was das bedeutet?«
»Natürlich«, hat der gebrabbelt, »dein Pferd läuft jetzt barfuß.«

*

Süßes Geheimnis

Soll ich Ihnen mal verraten, was mein Lieblingsinstrument is? Ein zarter Essensgong!

Na logisch ...

Die Mehrzahl von Lebensgefahr?
Warten Se mal:
Lebensgefährtin!

Als Henne die »Goldene Amiga« bekam

Liebe Hörer, was hier so bumst, ist meine neue Trophäe, die so genannte Goldene Amiga – ein schwer wiegender Preis. Hört man, stimmt's? Und aussehen tut »The golden Emmy« ein bisschen wie 'ne Krake mit bunte Murmeln drumrum – 'ne Mischung zwischen »Als Büblein klein an der Mutterbrust« und »Seid verschlungen, Millionen.« Gut daran ist: Wenn ick dit Ding so in der Hand stemme, kann mich so leicht keener auf'n Arm nehmen.

I want to Tango

Nach der Verleihung hab ich mal wieder so richtig das Tanzbein geschwungen – mit Regine Daum (Solotänzerin am Friedrichstadtpalast) zusammen haben wir die Tanzfläche abgeräumt nach »Armer Gigolo, schöner Gigolo«. War schau. Regine hat gestaunt: »Woher kannst du denn überhaupt Tango?«
Ich sage: »Wirst lachen, den hab ich mir selber beigebracht – nach einem Lehrbuch.«
Darauf Regine: »Aha – deshalb tanzt du auch alle Druckfehler mit.«

Kleine Nachtmusik

Weit nach Mitternacht hatten sich dann noch viele Kollegen in der Nachtbar zusammengerottet – ist ja klar. Dabei habe ich gehört, wie eine »Traumfrau« dem Gitarristen von »City« zuflüsterte: »Hättest du jetzt nicht Lust auf ein wunderschönes Spiel?« Hat der smarte Junge zu bedenken gegeben: »Schon, bloß – wo kriege ich um die Zeit noch 'ne Gitarre her?«

Frisch gewagt ...

Ick gehe immer auf alle Menschen zu – auch auf die Gefahr, dass einer vielleicht denkt: »Nanu? Wat will denn die Alte von mir?«

✔

Selbst-Promotion

HENNE: Ab nächsten Monat trete ich im Friedrichstadtpalast auf.
HÖRER: O – danke für die Warnung!

○

Eine Führung durch den Friedrichstadtpalast

So – Herrschaften, werfen wir als erstes mal 'n Ooge auf die Bestuhlung, welche nach den Bedürfnissen eines DDR-Durchschnittshintern erstellt wurde. Rein stylingmäßig könnte hier 'ne TU 144 Pate jestanden haben. Beachten Sie die schöne schmale Form, wodurch nich bloß die Tuchfühlung zum Nachbarn – son-

dern auch ein intimet Verhältnis zum Kunstjenuss Vorschub jeleistet wird.

So – kommen wa zur Vergangenheit. Wie Sie vielleicht wissen, war der Friedrichstadtpalast früher mal sehr historisch. Er bestand aus einer Markthalle, in welcher sehr viel Zirkus jemacht wurde. Um dieses Erbe nich aussterben zu lassen, wird es von seinem Intendanten hier fortjepflanzt.

Der neue Palast is innerlich und äußerlich aus Architektur erwachsen. Er ernährt sich von Revuen und Eintrittskarten.

Jehn wa weiter, Herrschaften. Dit, uff wat se jetzt rumstehn, is die Bühne, wobei 'ne einmalige Jelegenheit auf dem Jebiet der Unterhaltungskunst is – weltlich jesehn – det man die Bühne in ein Becken mit Wasser füllen kann und mitsamt Künstler, die ihre Nummer schon vorjeführt haben, einfach versenken kann. Unten anjelangt, kann man sie durch einige menschliche Eingriffe in Tier- oder andere Dressuren umwandeln und als Menagerie wieder zum Vorschein bringen. Weiter: Links – wo der Daumen rechts is – befinden sich weitere Effekten – nämlich zwei 1. Mai-Tribünen, die allerdings nich zum Zwecke des Winkens, sondern für musikalische und andere laute Jeräusche verbraucht werden. Der Mann, der uns jetzt mit seine Kehrseite anlächelt, is der Dirigent, für den die Zeit, wo er uff Abstecher jing, nu auch passé is, seitdem er – mitsamt seinem Orchestrion – 'ne Einweisung in dieset feste Haus erhalten hat.

Jetzt blicken wir nach oben – uff unsere Beleuchtungsanlage. Dieses Licht is nich nur in der Lage, aus sämtliche Mitwirkende Farbige zu machen, sondern kann mittels Computer in Laser transplantiert werden. Was wiederum beweist, dass zumindest jeder Anjestellte in diesem öffentlichen Hause lesen kann.

Kommen wir jetzt zu dem, wat se nich sehn: Der Palast besitzt zwei Kantinen und weitere Arbeitsräume sowie 50 Garderoben und andre Vergnügungsstätten. Alle Etablissements sind in bequemen Fußmärschen zu erreichen, so dass nur ein jeringet Kilometergeld auf die betroffenen Personen fällt.

Hat noch jemand 'ne Frage? nich? Denn möchte ick Ihnen mit diese Einblicke in unsre Inneren Angelegenheiten bitten, sich uffzulösen und auf die Ausjänge zuzuströmen.

Übung macht den Meister

Ich übe meine Lieder von früh bis spät – gestern ging's sogar schon einigermaßen, da konnten die Kollegen das erste Mal ihre Watte aus den Ohren nehmen.

✻

GUTE WAHL

Ein neues Abendkleid musste ick mir auch zulegen – hab nach langem Suchen auch eins entdeckt – wunderschön geblümt –, frage aber vorsichtshalber die Verkäuferin: »Bleichen die Farben auch nicht in der Sonne aus?«
Darauf sie – pikiert: »Überhaupt nicht. Die sind ja nich mal ausjeblichen, als der Fummel zwei Jahre lang im Schaufenster jelegen hat.«

❖

Schicksalsergeben

Nach dem janzen Proben-Stress abends noch eine Vorstellung auf irgendso'ner Dorfbühne. Auf der Rückfahrt noch 'ne Autopanne mitten auf der Landstraße. Außer mir kein anderes Auto weit und breit, da hab ich mich schließlich reingesetzt in die Kiste, warm eingemummelt und wehmütig an die Zeit zurückgedacht, als ich mir Strafzettel eingehandelt hatte, weil ich zu schnell gefahren bin.

Erlebnisgastronomie

»Das Steak, Herr Ober, war übrigens ausgesprochen zäh.«
»So?«, meinte er gelangweilt, »müssen Se sich beim Ochsen beschweren.«
»Eben«, sag ick, »deshalb hab ich Sie ja gerufen.«

Montags nie wieder!

Mir hing die Zunge vor Durst bis sonst wohin, aber alle Kneipen zu! Endlich hab ich einen Einheimischen erwischt und gefragt, wo man was zu trinken kriegt. Nach kurzem Grübeln meint er: »Die ›Grüne Tanne‹ hat geöffnet. Bloß heute, da hat sie zu.«
Nachdem ich noch 'ne Stunde umhergeirrt bin, landete ich im einzigen Hotel dieser Gegend, in der »Deutschen Eiche«. Auch nicht alles blanke Sahne. Die hatten 'nen Ober, der mich etwa so betrachtete wie der Gärtner sein Mistbeet. Als ich ein kleines Bier bestellte, maulte er: »Ach Gott – 'n Kinderbier!«

Überführt

Damals trug ich ja noch keine Brille – hab jekiekt wie'n Adler, aber inzwischen bin ich ja nun bei meinem Optiker Stammgast.
Gestern hat er mich sogar empfangen: »Nischt sagen, Henne, du brauchst dringend 'ne neue Brille.«
Ich sage ganz baff: »Na hör mal, willst du meine Sehkraft nicht wenigstens erstmal prüfen?
»Überflüssig«, meint er, »du bist nämlich soeben durchs Schaufenster in meinen Laden gestiegen.«

OO

Auf der Suche nach einer Urlaubsvertretung

»Nein, Chef, ich bin grade erst dabei. Bei was? Na, mir 'nen Stellvertreter zu, suchen. Ja – ich weiß, Chef, nicht bloß'n Halbleiter – voll muss er sein. Jawohl, ich gehe an die größten Koniferen ran – Müller zum Beispiel. Nein, Chef, nicht der Bäcker an der Ecke, der immer so kleine Brötchen backt, obwohl er so riesige Pranken hat – ich meine mehr den ›Sein-oder Nichtsein‹-Müller.«
Sie legt auf – wählt neu und brabbelt: »Junge Junge, kennt nicht mal den ›Osterspaziergang‹, der Alte. Hallo? Schönen guten Morgen, Frau Müller.

Ist der Alfred da? Der schläft noch? Würden Sie ihn bitte mal wecken? Ich möchte ihm was ins Ohr flüstern. Wie? Er lässt sich prinzipiell von fremden Frauen nichts flüstern? Fremd is gut! Wir spielen ja schon seit Monaten ein Ehepaar. Weiß doch ganz Berlin – außer Ihnen anscheinend. He – nun sein Sie doch nicht gleich eifersüchtig – spätestens im Februar kriegen Sie Ihren Mann ja wieder. Hallo? Tss – aufgelegt.
Also weiter imText. Warte mal: Traudl! Na klar, Traudl muss her, sonst drängelt sie sich ja auch immer vor. Hallo, Traudelchen? Nein, ich bin nicht die Frau vom Klempner. Achherrjeh, bei Ihnen is'n Wasserrohr geplatzt? Und? Kümmert sich Ihr Mann nicht? So – der hält schon 'ne halbe Stunde die Hand auf das Loch. Aha – dabei testet er gleichzeitig seine wasserdichte Armbanduhr. Wie hoch steht denn dit Wasser? Bis ans Knie? Geht ja noch. Haben Sie denn schon mit dem Klempner gesprochen? Aha – nur mit seinem Anrufbeantworter. Na denn: Petri Heil. *(Legt auf)*
Mist! Nun steh ick wieder da. Möchte mal wissen, was beim ›Wassermann positiv‹ positiv sein soll?
(Ihr Telefon klingelt, Henne müde:) Ja? Wer? Was für 'ne Dagmar? Ach Daggi Mädel, du kommst ja wie gerufen. Sag mal, kannst du nicht mal meine Sendung übernehmen?
Ja? Super! Is doch zu schön, wenn man Freunde hat. Wie? Was habe ich?
Auf 'ner Party erzählt, du hättest nicht alle Tassen im Schrank?

Aber nicht doch – das haben die anderen alle gesagt.
Bitte? Was noch? Ich soll behauptet haben, du wärst zickig?
Nee du – dit stimmt zwar – aber gesagt habe ick dit nie. Alles klar zwischen uns? Also, meine Kleene, dann schmeiß dich in deinen lutscherfarbenen Strampelanzug und – – wie?
Du kannst frühestens in 14 Tagen? Jetzt musst du zum Karate? Mensch – du bist doch die blödeste Kuh – – aufgelegt! Na ja – ick wusste ja schon immer, dass die'n Sprung in der Schüssel hat.
Hach, wen habe ich denn hier noch in meinem Büchelchen zu stehen?
A – wie Armleuchter – B – wie Bause. Na bitte. Olle Arndtchen.
Bloß – der hat jetzt solchen Dauerstress mit meiner L.P. Ach – ich sage einfach, dass er 'n Referat halten soll, und wenn der erstmal angefangen hat, hört er sowieso nicht mehr auf.
Hallo Arndt? Hier ist Henne. Hen – ne! Himmeldonnerwetter – Hah – ne – mann!!
Fragt der, welches Programm? Hast du Bohnen in die Ohrn?
Nein, ich habe keine Noten verlorn.
Mann, da kriegste ja 'nen Knall bei dem. Bestimmt macht der Demobänder mit 100000 Volt, eh. Kannst du den Krach nicht mal abstellen? Abstellen – nicht Handschellen!
Zwecklos! Dann bastel mal schön weiter. Jawoll, jetzt hast du's: Hier spricht der Hund vom Kneiper.«

Selbsterkenntnis

HENNE: Ick bin wie Frau »Striese«.
Alles muss ick selber machen.

*

Bildung ist Glückssache

Eben hat mein Chef schon wieder angerufen und gesülzt, ich soll hier nicht so viel Episteln erzählen. Episteln? So ein Quatsch! Dit sind doch die Frauen von Aposteln – oder?

*

Kaum zu glauben

In Algebra war ich sogar Klassenerste. Heute habe ich natürlich das meiste schon wieder vergessen – aber damals konnte ich akzentfrei **»Guten Tag«** und **»Aufwiedersehen«** in Algebra sagen.

Aus der Schule geplaudert

Ick war früher 'ne kesse Göre, kann man sich gar nicht recht vorstellen, stimmt's? Auch später noch – in der Oberschule, hab ich die anderen Mädels dauernd zu Blödsinn angestiftet: »Passt uff, Weiber, wenn der Alte jetzt rinkommt, bleiben wir alle sitzen und tun so, als wenn wir ihn überhaupt nich bemerken, o.k.?« Also – er kommt – und wir uns auf unseren Bänken rumgeflegelt, ja?

Aber wenn Sie nun denken, dass es ein Donnerwetter gab – kein Stück. Unser Klassenlehrer hat bloß grinsend gesagt: »Erheben Sie sich ruhig, meine Damen, zum Sitzenbleiben bietet Ihnen das Leben noch mancherlei Gelegenheit.«

Französisch ist mir allerdings recht schwer gefallen. Na ja – da schreibt man »Bordeaux« – aber aussprechen tut man's: »Bordo.« Obwohl – im Berlinischen ist es ja ähnlich: Man schreibt »Pferd« – aber sagen tut man »Gaul«.

▼

Erste Liebe

Mit 16 war ich bis über beide Ohren in unseren Hausarzt verknallt. Ick kann Ihnen sagen, wenn der mich bei der Untersuchung gefragt hat:
»Na Helgachen, wo tut's denn weh?«
Da hab ich jestottert:
»Wo Sie wollen, Herr Doktor.«

▮

Gebildet

Meine Schule war schon damals ihrer Zeit weit voraus.
Über unserem Eingang stand:
Audio – Video – Disco.

Verkannt

Ich stehe vor einer Schule, weil 'ne Freundin mich gebeten hatte, ihre Tochter abzuholen. Und wie ich so warte und immer auf den Schulhof linse, kommt 'n Lehrer raus und fragt mich: »Entschuldigen Sie, erwarten Sie ein Kind?«
»Nee«, hab ick jesagt, »ich bin immer so dick.«

☆☆☆

ÜBERRASCHUNG

Heute früh bin ich auf nüchternen Magen mit meinem Kater Pitti zusammen auf die Waage geklettert und dachte, mich tritt 'n Pferd: So ein kleinet Tierchen und hat in der letzten Woche 4 Pfund zugenommen.

*

Henne über ihren »Saporoshez«

Dit einzige,
was an dem
richtig funktioniert,
ist die
Hupe.

Der Glaube versetzt Berge

Von mir behaupten die Leute, dass ick ’ne große Klappe habe, aber jestern bin ick an einen Tankwart jeraten, der noch ’n Zahn schärfer war. Ich fahr an die Zapfsäule ran und sage:
»Volltanken, Meister.«
Da latscht der um mein kostbares Auto rum und sabbelt: »Volltanken? Glooben Sie wirklich, dass die Karre noch so ville Kilometer macht?«

×

Helgas Top(p)-Musike dringt in die kleinste Hütte

Also hab ich die Krücke wieder mal in die Werkstatt gebracht, und eigentlich wollte der Meister mir ja heute noch sagen – oh, Telefon – siehste, wenn man vom Deubel spricht – na? Seid Ihr fertig, Jungs? Nein? Aha, dauert noch ’n paar Tage. Fehlt wieder ’n Ersatzteil für 17 Pfennige, was? Wie bitte? Sie können mir sogar was Positives berichten? Was denn? Na prima: Mein Auto-Radio läuft schon wieder.

So war das

In meiner Kaufhalle hole ick mir neulich 6 Pampelmusen, komme nach Hause und stelle fest, dass die Verkäuferin mir nur 4 Stück eingepackt hat. Ich wieder hin und moniert: »Zwei Dinger zu wenig – was soll denn dit?«
Schmollt das Mädel: »Ick hab's ja bloß jut jemeint oder wollten Sie die beeden verfaulten ooch noch mitschleppen?«

✔

Henne zu einer Verkäuferin

Ich habe für 50 Mark eingekauft, dafür möchte ich jetzt aber auch ein nettes Lächeln sehn!

❧

Wochenenderlebnisse

Letztes Wochenende hatte ich 'ne Mugge in – ach, weiß ick jetzt gar nicht mehr – jedenfalls frage ich vor Beginn den Programmgestalter: »Wie isses? Soll ich nur meine Lieder singen – oder vielleicht noch ein Sprech-Solo vortragen?«
Meint der – völlig geschafft: »Das ist mir vollkommen wurscht. Hauptsache, Sie fassen sich kurz, damit es zwischen dem kalten Buffet und der Disco nicht solchen gemeinen Durchhänger gibt.«

Ohne Frau
kann man sich sehen lassen,
aber ohne Hose?

Den Frack hier wollte se ooch nich rausrücken. Hat sich mit ihre dicken vier, Buchstaben uff meine Hose druffjesetzt und mir bedroht: »Keine zehn Pferde kriegen mir hier wieder runter.«
Ick hab's mit eine einzige Stecknadel jeschafft.

Ost-West-Annäherung

Sonnabends, zwischen zwei Vorstellungen im Friedrichstadtpalast, war jedesmal in Hennes Garderobe das »GROSSE FRESSEN« angesagt. Mal kochte Henne ihre legendäre Kartoffelsuppe, mal Daggi Frederic »SCHWEINEBEENE MIT PFIFF«, oder die Damen vom Ballett machten ihren berühmten NUDELSALAT. Und dann konnte man zwei Stunden lang genüsslliches Schmatzen hören.
Eines Tages war Irvin Doumes, ein amerikanischer Sänger, mit der »FÜTTERUNG DER RAUBTIERE« an der Reihe. Alles saß schon mit gezogenen Messern da und harrte des tollen Menüs, das Irvin aus dem goldenen Westen anschleppen würde. Und dann die bittere Enttäuschung: Verheißungsvoll lächelnd schälte Irvin aus dem Silberpapier zwei Gummi-Adler aus dem »WIENER WALD«.
Henne hatte sich als erste wieder eingekriegt und versicherte ihm: *»Ab sofort heißt du bei mir nur noch*

Hühner-Erwin!«

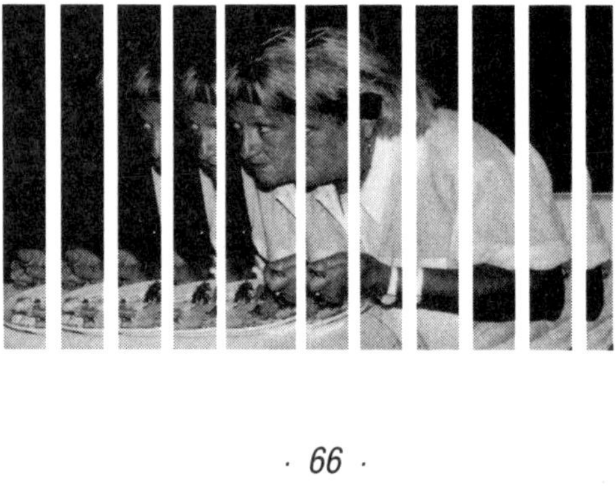

BANKVERBINDUNG

Meine andere Nachbarin – 'ne nette alte Dame – hat jestern jeseufzt: »Ich bin erst wieder froh, wenn der olle Mai vorbei ist und die Liebespärchen endlich wieder die Parkbänke frei geben!«

*

Don Juan aus Pankow

»Liebe Helga! Kannst du mir einen Rat geben? Ich habe ein Mädchen kennen gelernt, bin mit ihr ins Kino gegangen, habe ihr ein Bierchen spendiert und sie dann nach Haus gebracht. Nun grübele ich, ob ich sie vielleicht hätte küssen sollen?«
Henne: »Auf gar keinen Fall, Eberhard, Sie haben für dit Mädel schon unheimlich viel getan!«

▼

Höhere Zusammenhänge

Unser Fernseher hat mitten in einer Bettszene seinen Jeist aufjejeben. Als wenn er sagen wollte: Amüsiert Euch jefälligst alleene weiter.

Nachbar Hugo auf Kneipentour

Als ich neulich ’n bisschen um de Häuser ziehn wollte, um mir um den Lokalteil in unsre Jegend zu kümmern, hat meine Alte natürlich gleich losjekreischt: »Dit könnte dir so passen. Dit Jeld, wat de versaufen willst, bring lieber uff de Bank, da kriegste 3% Zinsen.«
Ick sage: »Na und? Inne Kneipe krieg ick sojar 42%.«

***

HALLO DOC!

Uff de Straße hab ick mir ’ne Schwarztaxe uffjerissen und jesagt. »So, Kumpel, wo kann man denn in Berlin wat erleben?«
Meinta: »Bei mir, Meister. Touristen bezahlen die Fuhre nämlich mit Bunte.«
Der Sack hat mir für’n West-Opa jehalten.
Ick sage: »Moment, Herr Doktor, die Preise bestimm ick! Wat soll ick Ihnen sagen? Nich eine Puseratze hat der mir abjenommen, aber noch ’n Rezept ausjeschrieben. Dit war wirklich ’n Doktor. Dabei sag ick zu alle, die ’ne Brille uffhaben, Herr Doktor.«

Die Damen links, die Herren rechts

Vor dem Ballhaus, wo er mir abjeladen hatte, war ick der 99. in dem Haufen, der rinwollte. Am Eingang war nämlich Jesichtskontrolle. Alle halbe Stunde jing die Tür ’n Spalt weit uff, und so’n Hirte mit ’ne jewaltige Rotzbremse zeigte mit’n Finger in die Zehnerreihen und jab den Befehl: »Sie – und Sie und Sie.« Nach dem 3. Regenguss war ick schon dran: »Der dicke Pinguin dahinten – los – rin!« Hat’n Zehner jekostet, der Satz.

✪

Star-Shakerin

Die rothaarige Bardame, mit freie Sicht uff ihre Titten, hat mir gleich empfangen. »Na? Wat nehmen wir denn? Wollen wir unsere traurige Ehe verjessen – oder uns bloß so beballern?«
Ick sage: »Liebe Dame, was können Se mir denn so in der Preislage von 5 Mark empfehlen?«
Hat se mir mit ihre Jiftzähne anjegrinst: »’n anderet Lokal, Opa!«

✳

Nobel-Preise

Dit andere Lokal war so stinkfein, dass der Barkeeper die Preise mit so’n spitzet Maul in sich rinbrabbelte. Bloß als ick ihm für’n Gläschen Sekt 2,50 Mark hinblätterte, is er aus der Rolle jefallen und hat mich zurechtjewiesen: »Ich sagte 12,60, du Armleuchter. Kommst wohl aus de Zone und hast noch Kuhkacke anne Stiebel, wat?« Na ja, so'n Barkeeper hat ooch'n verflucht harten Job. Da kommen manchmal asoziale Elemente rinjetrampelt und sagen zu dem einfach »Kellner«. Dit is ditselbe, wie wenn Se 'nem General auf de Schulter dreschen und sagen: »Na, Jenosse Soldat?«

*

Das elektrische Klavier, das klimpert leise

Dit nächste Etablissement hieß Lo – Lo – ach, wat weeß ick, jedenfalls war't da so duster, dass ick jar nich unterscheiden konnte, ob dit 'n Kognak oder bloß 'n Klarer war, den ick mir hinter die Binde jejossen habe.

Aber sonst – 'ne erstklassige Bediene: Die Kellnerinnen alle mit schöne Möpse und Miniröcke – und obendrein noch nett zu die Jäste. Allet miese Tricks, die man nur spielen tut, wenn Hoher Besuch anjesagt is. Aber mit der Tour wollten se ihr zähet Steak an'n Mann bringen.

Na ja – mir konnten se mit ihr »Kalb au four« nich mehr vergraulen, ick hatte mir den Laden schon schöngesoffen – einschließlich die verjammelte Band, die normalerweise mit ihre Verstärker 'n ausjewachsenen Bullen erschlagen kann.

Nicht die feine englische Art

Manche – die schnippen ooch einfach mit ihre blöden Finger nach'm Kellner. Die können natürlich vor Durscht dot umfallen, dit ignoriert der jar nich. Eener – Mann, dit traut man sich jar nich zu erzählen, der hat bloß 50 Mark Trinkjeld abjedrückt, dafür aber verjessen, seinen Drink zu bezahlen. Logo, dass so'n Abschaum einem preisjekrönten Barpersonal amtlich uff die Ketten jeht.

Berlin-Night-Tour

Als ick dann fragte: »Ah – Mister Keeper – please, what is around the clock?«, und es schon drei Uhr morjens war, musste ick rennen, dass ick noch den Lumpensammler kriegte. War ick wieder der einzige Nüchterne im Bus. Ohoh, jing es mir durch 'n Kopp, jetzt möcht ick 'ne Maus sein. Vor die Biester hat meine Olle nämlich unheimliche Angst.

Zu Gast in der Top(p)-Musike:
MARIO, *der coole Sohn der Nachbarn*

Mann, ick weeß ooch nich, wie dit kommt, det die Mädels alle ausjerechnet uff mir fliegen. Wenn mir endlich mal 'ne hässliche Tussi über'n Weg rennt, atme ick direkt auf.

Was nicht ist, kann noch werden

»Kieken Se mal aus Fenster! Wat sagen Se denn zu meinem neuen Volvo?«
Neugierig stürzt Henne ans Fenster, sieht, dass Mario sich lässig an seinen Trabant lehnt und sagt enttäuscht: »Hör mal, verarschen kann ick mich alleene, dit soll'n Volvo sein?«
»Klar«, sagt er grinsend, »allerdings noch im 3. Monat.«

BEKENNTNIS

Ich glaube nicht an Horoskope.
Als »JUNGFRAU«
bin ich da nämlich
sehr skeptisch.

DUMME AUSREDE

»Eh, Richy, kommste morgen abend mit inne Disco, Weiber uffreißen?«
Meint der: »Jeht doch nich, Mann, du weeßt doch, det ick morjen früh heirate.«
Mario erstaunt: »Ick rede von abends, Alter.«

✳

Viva la familia

Er selber hatte mit der Heiraterei nichts am Hut, und wenn sein Vater Hugo ihn drängelte, sich endlich was »Festes« zu suchen, kam er mit Ausreden – die eine liebt er nicht, vor der anderen hat er keine richtige Achtung – bis sein Vater endlich ausrastete: »Hörste, Mutta, wat dein Sohn da für'n Stuss von sich jibt? Haben wir uns je jeliebt – oder jeachtet, Menschenskind?«

✳

Am Strand

Hier neben mir liegt'n junges Ehepaar, die waren voriges Jahr auch schon hier – auf der Hochzeitsreise. Diesmal wollen sie aber mal baden gehn.

Urlaubssendung aus Hiddensee
»Auf, Matronen, olé«

Hach, ist das ein irre-schönes Gefühl: Ick liege hier – kuck mit einem Auge träge aufs Wasser – und alles, was mich gestern noch so furchtbar aufgeregt hat, is plötzlich soo klein – sehn Se mal – wie dieses Sandkörnchen hier.

Auf Wolke sieben

Gestern bin ich wieder Fernseh-Liebling geworden. War auch 'ne kleine Feier anlässlich, mit 'nem Tässchen Sekt und so. Danach kam der »Liebling« nach Hause – so richtig auf Wolken angeschwebt, und mein Mann hat begeistert ausgerufen: »Wo hast du dich denn wieder rumgetrieben? Kein Brot im Haus – die Betten sind nicht gemacht – und Kartoffeln sind auch keine da.« Deshalb hab ich ihm heute zum Frühstück, als er sich hinter seiner Zeitung verschanzte, statt Zucker Salz in den Kaffee geschüttet. Na – der hat vielleicht gespuckt: »Pfui Deibel, hast du etwa Salz in die Zuckerdose getan?«
»Erraten«, sag ich, »ich wollte mal wieder deine geliebte Stimme hören.«

*

»Fräulein, dürft ich Ihnen an der Bar bitten!«

Gestern habe ich 'ne Dampferfahrt gemacht. Und Chancen hatte ich. Ehrlich. Ich stand so an der Reeling, habe mein goldblondes Haar im Wind flattern lassen – da quatscht mich 'n Passagier an: »Na, gnä Frau, fahren Sie auch mit diesem Schiff?«

Schulze Schleicher

Meine Nachbarin hat jesagt: »Ja, ja – machen Se bloß, dass Se wegkommen, ick werde schon ’n Ooge auf Ihren Ollen schmeißen. Sie wissen doch: Bei mir stehn die Kerle stramm. Manchmal versuchen se zwar aufzumucken – wie Hugo: Kommt inne Küche rin und saftelt: ›Komisch, da sagste immer, du bringst dir um vor lauter Arbeit, dabei ertappe ick dir dauernd beim Däumchendrehen.‹ Hab ick ihm zurechtjewiesen: Aber nur, weil du immer uff deine ollen Filzlatschen anjeschlichen kommst.«

✦

Kinder an die Macht

Eben bettelt ’n kleiner Junge, der hier mit Mutti und Oma am Strand sitzt: »Mama, darf ich noch mal ins Wasser gehn?« – »Nein, Rico, du hast für heute genug gebadet.« Mischt sich die Oma ein: »Mein Gott, Trude, lass ihn doch ruhig noch mal reinflitzen.« – »Wenn ich sage: Nein, dann meine ich auch nein. Der Junge soll lernen, seiner Mutter zu gehorchen.« Meint der Nackedei: »So – und warum gehorchst du deiner Mutter nicht?«

Ei verbibsch

Gestern Abend – in der »Heiderose«, meinem Stammlokal, wo ich immer diese herrlichen Schollen verdrücke – bin ich mit einem Ehepaar aus Thüringen ins Gespräch gekommen, und die Frau sagte: »Bei euch in Berlin ist es mir viel zu hektisch. Bei uns ist alles viel gemütlicher. Sähn Se mal – unser Junge hat neulich, als wir nach Weimar machten, seinen Kaugummi aus'm Abteilfenster nausgespuckt, und der is blederweise dem Stationsvorsteher genau auf de Brust geglatscht. Daraufhin hat der gute Mann sich mit'm Ärmel seinen Rock abgewischt und nur gesagt: ›Hast Glück gehabt, mei Gudster. Wenn der Kaugummi nämlich auf'n Perron niedergekommen wär, hätt'sch dir drei Mark Strafe aufgebrummt.‹«

♥♥♥

ENTRE NOUS

Vor der Sendung

trinke ich nie Alkohol! –

Aber hinterher!!!

Silvester-Sendung

Jawohl, Chef, Sie können sich auf mich verlassen: Keinen Tropfen Alkohol während der Sendung. Alles klar, Chef. Außer Ihnen kommt mir heute kein versoffenes Element ins Studio, und die eine Pulle, die Sie für Gäste, die unter Notfall leiden, brauchen, bleibt im Tresor. Richtig, Chef, bei uns gehört alles dem Volke, also dürfen wir uns nicht einfach was rausnehmen. *(Sie legt auf.)*
Ph, der hat sie wohl nicht alle. Jetzt wird die Sendung nach meiner Losung gefahren: »Lieber heimlich schlau – als unheimlich doof.«

✦

Wasser braucht das liebe Vieh

So, Achim, jetzt lass mal die Bowle, die du angesetzt hast, kosten. Was sagste? Die schmeckt gemein? Wieso? Ich hatte doch angeordnet, dass jeder was Schnuckeliges dafür mitbringt. Wat haste denn von dir ranjemacht? Eine Selters? Hm – und wat hat Bruni anjeschleppt? Zwei Selters! Na Kinder, is doch logo, dass die Bowle nach nischt schmeckt. Los – kommt her, holt euch meine Flaschen ab. Na klar – Selters! Wat dachtet Ihr denn?

PUSTEKUCHEN

Heute früh waren se ja schon wieder am Wirken! Wer? Na, unsere lieben, kleinen »WEISSEN MÄUSCHEN« natürlich. Mich haben sie auch angehalten. Sollte ick pusten! Ich also das Ding genommen und dabei ganz mitleidig geschwätzt: »Ihr armen Kerle seid echt zu bedauern. Euern undankbaren Job könnten se mir schenken – und denn noch bei der miesen Bezahlung, stimmt's?«
Daraufhin ruft der Kumpel aus'm Funkwagen: **»Hör uff, Heinz, die braucht nich zu pusten, die Frau is vollkommen klar im Kopp.«**

✦

Heb die Botten – 's komm' Klamotten

(Klirren im Studio) He, was war das denn eben? Mensch Achim, jetzt hättest du um ein Haar mit der Klamotte hier die Scheibe eingeschmissen.
Wie bitte? Wat soll dit sein? Ein Bäcker-Pfannkuchen?

Kleine Geschenke erhöhen die Freundschaft

O – Telefon. Mann, Sie schon wieder, Chef? Was sagen Sie? Sie haben es sich überlegt und möchten uns zur Feier des Tages ein Fläschchen überreichen? Aber Chef – das war doch nicht nötig. Los, Achim, mach die Socken scharf, ehe der Alte sich dit wieder überlegt – Mensch, biste noch nich weg? Äh – Chef? Wenn meine Mitarbeiter nachher mal einen Moment Luft haben, schicke ich jemand hoch, ja?
Was tanzt denn diese Knalltüte hier noch rum, Mensch? Chef? Darf ich mal – nur der Ordnung halber – erfahren, um welche Sorte es sich bei dem Getränk handelt?
Um Club-Soda?
Achim!!! Zurück, eh! Furchtbar, dass der immer gleich wie so'n Irrer losrasen muss.

Alles im Eimer, Marie

Himmeldonnerwetter, was trinkt man denn nun bloß? Kann man wenigstens ’n Pott Kaffe haben? Die Kaffeemaschine ist auch kaputt? Zeig mal her dit Ding. Habt Ihr Tomaten uff de Oogen? Die muss entkalkt werden, Mensch. Ne Sache, die bei Euch natürlich nicht mehr geht.

*

Fahr doch allein Karussell

Jetzt hab ich mir doch tatsächlich ein Glas Selters zu Gemüte geführt, damit ich wenigstens inwendig nicht vertrockne. Gerade hat meine Freundin Gine mir angedroht, dass sie mich heute Abend heimsuchen wird. Wollte sie wissen: »Hast du viel Besuch?«

Ick sage: »Keine Ahnung. Ich lass die Tür offen, und wer will, kann mitfeiern.«

»Hach«, sagt sie, »da wird sich ja sicher wieder alles um mich drehen.«

»Ja, sag ick, wenn du wieder so viel säufst wie im vorigen Jahr, dann allerdings.

Jeder nach seinen Fähigkeiten

Achim sagt eben: Ist doch klar, dass Regine überall im Mittelpunkt steht, schließlich ist sie ja 'ne schöne Frau.
Ach – kiek an, sowat siehste, ja? Aber – dass die Kaffeemaschine hier 'n Dachschaden hat und mir vor Durst nich mal dit Wort »SEKT« über die Lippen kommt – dit siehste nich. Aber – was rege ich mich auf? Deine Augen sind halt besser entwickelt als dein Gehirn.

✓

NA ENDLICH!

So, nun passt mal auf, meine edlen Mitstreiter, jetzt habe ich die Faxen dicke: Ick schmeiß 'ne Lage! Wer von euch spurtet mal rüber in die Kantine? O.k., Achim, aber beeil dich. Was willste? Geld? Brauchste nich, ick kenn doch olle Bruno, der schreibt an.
Aber halte dich nich wieder so lange auf wie neulich, weeßt schon, wat ick meine. Wo du über'm Tresen lagst und der Küchenfrau ins Ohr gejault hast: »Mein Hund, der versteht mich nicht.«

Unser Koch in der Kombüse is 'ne vollgefressene ... Römtömtöm

(Henne trommelt nervös auf ihrem Sprechertisch.) Na, da kommt er ja endlich! Zeig mal, hast du auch guten Sekt mitgebracht – nicht so'n süßes Gelumpe? Gar keinen? Der Koch macht in der Küche Ölwechsel? Einmal im Jahr macht er das?

Wo gibt's denn sowas? Der macht in der Küche an seinem blöden Auto Ölwechsel? Wie? Nicht an seinem Auto? In der Fritteuse! Heute gibt's Pommes frites? So – wat nu? Soll ich den Alten anrufen und sagen: Kommen Sie runter, Chef, so nüchtern kommen wir dieses Jahr nicht mehr zusammen? Nee – ich denke gar nicht dran. Jetzt arbeite ich schon 10 Jahre für den – nun soll er an mir auch keine Freude mehr haben.

Übern Löffel balbiert

Taxe fahren wird mir zu teuer. Ich habe noch vom letzten Mal die Nase voll. Ich steige aus – gebe dem Fahrer einen 100-Mark-Schein und sage: »Hier, Meister, ziehn Sie ab!!«
Sagt der: »Mach ick, junge Frau.«
Gibt Gas und donnert mit meinem Hunni los.

*

Ilse, vom 1. FC-Kann-nicht-mehr

Halt mal – was ist denn das hier für'n Karton? Von Ilse? Ich werde verrückt. Kinder – zwei Flaschen Sekt – eine Flasche Cognak – zwei Büchsen Ananas – Achim!!! sofort dit Bowlenglas her! Is dit nich süß von Ilsekin? Ich sage ja – im Grunde genommen war sie ja schon immer meine beste Freundin. Oh, hier ist sogar noch eine Karte:
»Prosit Neujahr, Sportsfreundin. Habe meinen Fußball-Verein leider auflösen müssen, da unser langjähriger Ball abhanden gekommen ist.«
Ach – mach dir nischt draus, Ilsekin: Don't worry – be happy.

Ohren gespitzt

Passt mal uff, Jungs von der Blasmusik:
Ick hab auch leise Töne druff!

*

Vorm Marx-Engels-Denkmal

Achherrje, euch haben ja die Piepmätze schon wieder bekleckert. Ja ja, für die Frommen singen se, aber die anderen be...

O – Telefon! Ach – du! Bringst du mir heute mein Auto wieder, ja?
Was is? Der linke Spiegel ist kaputt? Na ja – den kann man doch auswechseln. Geht nicht? Wieso? Weil mein Auto auf dem Spiegel draufliegt?

UNTER KOLLEGEN

Ja, Junge, ich weiß, du bist'n oller Geizkragen. Wenn du 'nen Hunderter aus der Tasche ziehst, blinzelt Karl Marx richtig geblendet, weil er bei dir nie Tageslicht zu sehen kriegt.

*

Der Apfel fällt nicht weit vom Stamm

Neulich hat Hugo seinem Jüngsten eine Riesenstandpauke gehalten: »Pass mal uff, du fauler Bengel, in deinem Alter, da war der Genosse Honecker Klassenerster, verstehste?«
Hat sein Filius aufjemuckt: »Ja – und in deinem Alter, da war er Staatsratsvorsitzender.«

Henne als *»Schulkind«*

Ich weiß schon,
was 3 hoch 1 is:
Ein Hund,
der sein Bein hebt.

Hörerpost

Ach – dit is ja hier niedlich. Ein Kind schreibt mir: »Liebe Helga, ich bin so sauer, weil ich als jüngstes Kind in unserer Familie immer die alten Klamotten von meinen Geschwistern auftragen muss.«
Ach Gottchen. Du ... aber dit musste ich früher auch. Und meine Schwester Lena ist sogar 10 Jahre älter. Was denkste, da waren die Plünnen schon längst unmodern. Ach so – Moment – hier steht ja noch was: »Das wäre auch alles gar nicht so schlimm, wenn ich nicht der einzige Junge unter meinen Geschwistern wäre.«

SO NICHT!

Eine Kollegin erzählte mir vorhin: »Als meine Tochter eingeschult wurde, bin ich gleich nach dem 3. Tag zu ihrer Lehrerin hingegangen und habe sie gebeten, den Kindern nicht solche blöden Rechenaufgaben zu stellen: ›Wenn 1 Bier 10 Pfennig kostet – wieviel kosten dann 3 Biere?‹
Is doch wahr – mein Mann konnte vor Aufregung die ganze Nacht nicht schlafen.«

XXX

EIN ABWASCH

O – wieder Telefon. Na, bist du klar jekommen mit den Gören von Gaby? War schwer? Glaub ich. Hättest du mich doch angerufen, ich wäre als Verstärkung gekommen. Was war? Eins von den Kindern, so'n kleiner Rothaariger – der wollte sich nicht ausziehen lassen? Äh – Moment mal – ein Rothaariger? Is dit nich der Mann von Gaby?

Plaudereien über die letzte Vorstellung von »Hallo, Berlin 7-5-0« im Friedrichstadtpalast

Ich bin ja so furchtbar traurig. Heute sehe ich zwar alle noch mal, meine süßen, einzigen Kollegen, und dann nie wieder, weil alle bis ans Ende der Welt verschlagen sind – die einen nach Rostock – die anderen gar bis nach Suhl – was bleibt mir dann noch? Ach – war dit wieder eine schöne Zeit im Palast. Klar – manchmal hatte man auch die Schnauze voll und ist mit jemand zusammengerasselt, wa?
Einen Abend hat die Frederic auf'm Gang gestanden und geheult – und den nächsten Abend ick denn wieder. So hat sich dit eben ausjeglichen. Ansonsten haben wir uns beide wunderbar ergänzt.
Wenn ick zum Beispiel wütend war, hat Dagmar dit sofort richtig erkannt und für mich die Türen geknallt.

☞

Wer schreibt, der bleibt

Telefon! Ja – Chef? Bitte? Wieviel ich getrunken habe? Aber Chef, ich bin nüchtern wie ein Leitartikel!

Alles Konditionstraining

Ach – und vom Ballett wollt ich Ihnen ja noch was vorschwärmen: Von Ingo – Andrea – Kerstin und wie sie alle heißen. Tanzen nicht nur fantastisch – sondern sehen auch ebenso aus. Außerdem haben sie auch Köpfchen, eh. Kerstin z.B. hat vor ein paar Wochen einen Auto-Unfall gebaut – also ihr is nischt passiert – bloß ihr Oller hat wohl seitdem 'n Ding an der Bommel. Na jedenfalls – gestern kommt sie in die Garderobe und sagt freudestrahlend: »Stellt euch vor, die Versicherung hat mir das Geld für den Schaden sofort ausgezahlt. Wie findet Ihr denn meinen neuen Pelzmantel?«

F wie Veilchen

(zu Achim:) Mensch, der Alte killt mir dauernd meine Pointen mit seinem dusseligen Telefon. Wat sagste? Der wird mich eines Tages feuern und mich höchstens noch als Schreibkraft beschäftigen? Na und? Selbstverständlich kann ich blind schreiben: Hinten mit »d«.

... oder es knallt

Außerdem wird Ilse wahrscheinlich auch bald ihren Turnbeutel schnüren müssen, weil sie neulich beim Schwimmfest alle Sportfunktionäre und Minister, die um ihr Becken versammelt waren, angeschrien hat: »Genossen! Bitte alle zurücktreten.«

*

DER LAUF DER WELT

Als Kind hab ick
für meine Faxen Backpfeifen jekriegt –
und heute
verdiene ich damit Geld.

×

Keine besonderen Vorkommnisse

So – und was liegt hier auf meinem Tisch rum? Ne Message vom Alten?
Was sagste denn dazu? Ich soll über den Sender folgendes gesagt haben: »Pass doch uff, du alter Penner, ick trete dir gleich in die ...«?
Darüber will er jetzt einen Bericht haben. Achim, du bist mein Zeuge, dass ich solche schlimmen Wörter nicht mal mit ’ner Kneifzange anfassen würde, stimmt’s? Was grinst du denn so unverschämt?

Ach – du meinst doch nicht etwa diesen armen Irren, der uns hier um ein Haar in die Luft gejagt hätte? Doch? Na, denn: Zettel her und los geht's: »Ich war auftragsgemäß mit meiner kulturpolitischen Aufgabe im Studio beschäftigt, als der parteilose Kollege A. versuchte, ein Kabel auszuwechseln. Nachdem die 220 Volt meinen Bürostuhl in einen elektrischen umfunktioniert und mich an die Studiodecke katapultiert hatten, trat eine Sendepause von exakt 2 Minuten ein. Als ich die Besinnung wieder erlangte, bat ich den Kollegen, in Zukunft etwas sorgfältiger mit dem teuren Material umzugehen.«

✓

Zwei*deutig*

(in Richtung Kollegen): Wisst Ihr eigentlich, dass ich in einem Verein bin, dessen einziges Bestreben der Umsturz ist?

(Dann zu den Hörern): Wat meinen Se, wie die jetzt alle schlottern!
Dabei meine ick schlicht und einfach meinen Kegel-Verein.

Traudl wird ostalgisch

Sag mal selber, war dit nich eine herrliche, sorgenfreie Zeit in unserm Staat, hä? Mit de Arbeit waren wir zwar immer 'n paar Monate im Rückstand – aber mit de Kaffepausen schon 'n paar Jahre im voraus. Und denn diese duften Festivitäten: »Tage des maledivischen Kulturfilms« – »Tage der sozialistischen Hirtenflötenmusik« – oder »Tage des mittelalterlichen Bauwesens« – und krank konntest du werden uff Deubel komm raus, hat nich einen Pfennig jekostet, der Spass. Nee ehrlich, ick will ihn wiederhaben, unsern Schutzwall – wenn's jeht, sojar noch 'n Meter höher.

✦

RENTNERDASEIN

Hugo: Als kleener Ost-Rentner biste doch bloß 'n Mensch 2. Klasse. Lieber lassen se die alten Nazis und ihre Witwen bei Kranzler Torte fressen.

Traudl: Na ja, Hugo, zum Sattwerden reichen doch unsre paar Piepen.

Hugo: Aber nich für'n Durst. Wenn ick wenigstens 'n französisches Rentier wäre, denn würde ick jetzt meinen Rotwein trinken und anschließend in'n Puff jehn.

Traudl: Du bist aber nun mal'n deutscher Rentner, du nimmst jetzt deine Herztropfen und jehst anschließend als Nachtportier.

Gespräch zwischen Marx und Engels

KARL: Stell dir vor, jetzt wollen die meine Straße auch noch umbenennen.
FRIEDRICH: Sag bloß. Die Karl-Marx-Straße in Neukölln?
KARL: Ach was. Die auf der East-Side. Erst hatte man sie nach Frankfurt benannt, dann nach Dshugaschwili, dem Erfinder der Stalin-Orgel, anschließend nach mir, und nun soll sie wieder schlicht und ergreifend Frankfurter heißen.
FRIEDRICH: Na ja – dann ist endlich mal Schluss mit dem ganzen Hickhack. Kein Schwein wusste mehr, ob er Ho-Chi-Minh, Jacques Duclos oder Rosa Luxemburg war.
KARL: Hast du übrigens von Lenin gelesen? Er befindet sich in Amerika.
FRIEDRICH: Nanu? Ist denn da eine Revolution in Sicht?
KARL: Friedrich, Friedrich, glaubst du tatsächlich noch an den Schmonzius, den ich damals in meiner Sturm- und Drangzeit erfunden habe?
FRIEDRICH: Ehrlich gesagt, ja, Karl, und ich finde es auch nicht nett von dir, dass du mir die Proletarische Revolution einfach wieder wegnehmen willst.
KARL: Ich schenk dir sogar noch mein »Kapital« dazu – als Erstausgabe.
FRIEDRICH: Du kannst mich totschlagen, aber ich bin immer noch der Meinung, dass deine Idee »Jeder nach seinen Fähigkeiten und jedem nach seinen Bedürfnissen« eine tolle Sache ist.

KARL: Isse ja auch. Nur – mit Menschen kannste so was eben nicht machen. Sorry.

FRIEDRICH: Aber hör mal, der Genosse Lenin bei den ausgebeuteten Arbeitern in Amerika, das ist doch von eminenter Bedeutung.

KARL: Schon möglich, er macht auf »Heavy Metal«.

FRIEDRICH: »Völker, hört die Signale« als Hip Hop? Hab immer gesagt: Der kann sich verkaufen.

KARL: Sagen wir lieber, er wird verkauft. Für 200000, glaub ich.

FRIEDRICH: Pfui! Das ist ja schlimmster frühkapitalistischer Sklavenmarkt.

KARL: Blödsinn. Meinste, für einen leibhaftigen Lenin würde jemand soviel Knete ausspucken? Nee, auf einem Schrottplatz hat man ihn entdeckt, da lag er rum – in Bronze.

FRIEDRICH: Mein Gott!

KARL: Mein Gott? Du als Atheist?

FRIEDRICH: Irgendeiner muss ja für den Schlamassel verantwortlich sein. Du glaubst ja gar nicht, wie sehr ich leide. Man hat sich so viel Mühe mit den Massen gegeben.

KARL: Mühe allein genügt nicht, Friedrich. Im Grunde haben wir doch alle nur Phrasen gedroschen.

FRIEDRICH: Die hatten es aber auch verdient. Was die Politiker heute quasseln, reißt mich auch nicht vom Sessel.

KARL: Sei doch froh. Wer vom Stuhl fällt, kann sich dabei sehr schnell das Genick brechen.

Gewusst wo!

Übrigens, meine Nachbarin, die hatte in Geografie sogar 'ne 5 und weiß trotzdem, wo die Bermudas liegen. Nämlich im Schrank – zweites Fach von oben. Sehta!

✖

Verständnisvoll

Als es Schulferien gab, bin ich mit zwei kleinen Jungens ins Gespräch gekommen und frage: »Na? Wie sehn eure Zeugnisse denn aus, hm?«
Sagt der Größere: »Na ja – nich besonders. Zwei Dreien.«
Ich sage: »Na hör mal, das ist doch ›Befriedigend‹ – da kannste doch nicht meckern. In welchen Fächern denn?«
»Musik und Geografie. Und mein Bruder hier, der hat in Musik sojar 'ne 4!« Daraufhin hat der Lütte aufgeheult: »Ja – und ick muss immer nach vorne kommen und vor der janzen Klasse falsch singen. Und denn lachen se alle wie die Blöden.«
Na – ich hab die beiden getröstet und gesagt, dass ich ihre Zeugnisse in Ordnung finde – ihren Eltern hatten sie die Dinger

nämlich noch gar nicht gezeigt, und davor hatten sie Schiss. Logo, weil Eltern ja früher alle Musterschüler waren, nich?
Aber nun mal zu Ihnen, liebe Erzieher: Wat kann denn so'n kleenet Wurm dafür, dass et kein Pavarotti is, hm? Also – ick würde mir lieber die Pfoten abhacken, als dafür 'ne schlechte Note auf's Zeugnis zu knallen. Außerdem – dieses »vor der ganzen Klasse singen«, obwohl man weiß, dass dit Kerlchen dazu nicht in der Lage is – sowat nenne ick Psycho-Terror, Freunde.

✖

Zu früh gefreut

Der Jüngste von meiner Nachbarin – der Bonario – kam aus der Schule und sagte schadenfroh: »Du Pappa, der Sven bleibt sitzen.«
Meinte der Pappa: »Keen Wunder, dit hat der Bengel von seinem Vater. Dit is der größte Idiot, den ick kenne.«
Bonario kleinlaut: »Pappa, ick bleib aber ooch sitzen.«

Über einen SCHRIFTSTELLER

Dit wichtigste Utensil, wat dieser Mensch braucht, is'n Papierkorb.

✍

Als Henne als Putze ging

»Wo haben Se denn dit Handwerkszeug?«
»Finden Sie alles in der Besenkammer.«
»Ach! Kaffee schließen Sie inner Besenkammer ein?«

✔

Bodenständig

Wieso soll ick nach'm Westen, wo ick 'ne Ranch in Beauty-Oak-Village (Schöneiche) habe.

✧

Abgelehnt

Als der Chef sie fragte, ob sie noch einen Mitarbeiter gebrauchen könnte, antwortete sie erfreut: »Aber immer. Der könnte hier gleich den Kantinen-Zimmer-Service übernehmen. Wie meinen? Der Kollege ist zum Arbeiten da ... Na, was meinen Sie, wie schwer die Tabletts mit den Biergläsern sind? Wie heißt denn der Neue? Rainer Feierabend? Nee, Chef, dit is nich drin. Rainer Alkohol – oder Rainer Zufall – dit ginge ja noch – aber stellen Sie sich mal vor, ich brülle hier: Feierabend! Da machen die doch alle sofort die Hacke.«

→→→→→

Im Taxi

Taxifahrer: Nun kieken Sie sich dit da vor mir an: So bescheuert kann bloß 'ne Olle fahren.
Henne: Ach ja? Ick seh in dem Auto aber 'n Kerl am Lenkrad.
Taxifahrer: Von mir aus, denn isset eben 'n Mann, der wie 'ne Olle fährt.

Ungleiche Maßstäbe

Mir kloppen se bei 1,3 den Führerschein ein – während mein Neffe mit 1,4 sogar noch 'n Studienplatz kriegt.

♣

BIG HELGA

Meine Stimme
füllt nicht nur den Saal
----
sondern auch
die KANTINE.

Eigentlich sollte im Programm ja noch 'n Löwen-Dompteur seine Nummer abziehen – 'ne irre Sache übrigens. Der steckt nämlich seinen Kopf in dit Maul von dem Löwen und singt dabei noch.
Aber unser Redakteur meinte: *»Love me tender«* – so'ne olle Kamelle will doch kein Mensch mehr hören.

Schief gelegen

Da hatte sich ’n Artist angeboten, der eine Jungfrau zersägen wollte. Ich hab zu dem gesagt: »Dit is doch ein ganz alter Rummeltrick, damit locken Sie heutzutage keinen mehr hinterm Ofen vor.« Aber er meinte hoheitsvoll: »Irrtum, Frau Hahnemann, ich zersäge die Tanten nämlich der Länge nach.«

*

BILLIGVARIANTE

TRAUDL: Haben Sie eigentlich noch nie daran jedacht, sich liften zu lassen?
HENNE: Nee, ick bin wie ick bin – und wen meine Lachfalten stören, der kann ja wegkieken. Außerdem – was meinen Sie, wat für ne Stange Geld sowas kostet?
TRAUDL: Da haben Se recht, ’n Hut mit Schleier kommt Ihnen da billiger.

*

WINTERSANFANG

Huh – is dit kalt jeworden. Heute morgen waren alle Autos schon bereift.

Ich habe gestern schon mal einen Drachen steigen lassen, aber ehrlich gesagt – mein Hut is besser geflogen.

♦

Entdeckungen beim Spaziergang

HENNE: Eine herrliche Linde haben Sie da vor Ihrem Häuschen zu stehen.
DER MANN HINTERM GARTENZAUN: Ja – nicht? Und dit Tollste: Von dieser Linde hab ick 7 Zentner Birnen geerntet.

Hörerpost aus Radebeul

»Haben Sie, Frau Hahnemann, schon mal was von dem Sprichwort ›Man schätzt andere genau so dumm ein, wie man selber ist‹ gehört? Mich interessiert, ob man in Berlin über Ihre Witze lacht, bei uns tut es keiner.«
Hennes »Ratgeber«, Dr. Holger Hennemann, antwortet: »Nun – schon Georg Christoph Lichtenberg sagte: Wir irren

allesamt – nur jeder irret anders. Und auch Geheimrat Wolfgang von Goethe würde – was die unkonventionelle Art der Moderatorin betrifft, sicher folgenden wertvollen Hinweis geben: Behandelt die Frauen mit Nachsicht. Aus krummer Rippe ward sie erschaffen. Gott konnte sie nicht ganz gerade machen.«

✔

SENSIBEL

Im Knast brüllt ein Wachmann seinen Kumpel an: »Hast du denn jepennt, Mann? Der Jefangene aus 471 is ausjebrochen.«
Meint der andere: »Na Jott sei Dank! Dit ewige Jequietsche von der Feile ging mir nämlich langsam auf'n Geist.«

Was Hennes Arzt zum Besten gab

»Zwei Tage vor Weihnachten untersuche ich eine junge Frau und stelle fest, die ist schwanger. Als ich ihr das mitteile und denke, dass sie sich darüber freut, erklärt mir das Mädel allen Ernstes, dass das unmöglich ist, weil sie noch nie mit einem Mann – und überhaupt. Na schön – habe ich mich also ans Fenster gestellt und lange lange angestrengt in die Nacht rausgeguckt. Hinter meinem Rücken höre ich ihr ängstliches Gestammel: ›Um Gottes willen, was ist denn, Herr Doktor?‹ – ›Kann ich Ihnen sagen‹, habe ich sie aufgeklärt, ›so was wie bei Ihnen, ist vor rund 2000 Jahren schon einmal passiert – und da ging am Himmel ein leuchtender Stern auf. Den suche ich jetzt.‹«

GEKONTERT

Als Henne eine 10-Pfennig-Briefmarke kaufen wollte, konnte sie partout keinen Groschen in ihrem Portemonnaie finden und zückte einen 20-Mark-Schein. »Macht nix«, hat die Postangestellte fröhlich gewiehert, »gleich werden Sie sogar 199 Groschen besitzen.«

Was für 'ne Frage

Selbstverständlich kann ich auch hochdeutsch sprechen. Aber – warum eigentlich?

Ansage auf hochdeutsch

HENNE: Im Rahmen meiner kleinen Kammermusik hören Sie die Arie: *»Blök ich herum im edlen Kreise.«*
ACHIM KORRIGIERT: Blick ich herum!
HENNE: *Bei 'ner Rundfunksendung isset doch wurscht, wo ick hinkieke, du Pfeife!*

*

Janz Berlin war eene Wolke ...

Die Leute wollen immer wieder wissen, wat ick an Berlin, diesem riesigen Steinhaufen, so jut finde. Wir haben keinen Rennsteig – bloß 'n Rinnstein; wir haben keene alten Ritterburgen – wir haben Marzahn; und trotzdem gibt es keine Stadt, in der ick mich so wohl und so mies fühle wie in Berlin. Dit liegt nicht zuletzt an den »ollen Berlinern«, die auf allet und jedet die passende Antwort wissen. In dem Ausflugslokal, in dem ich neulich unauffällig 3 Stück Butterkremtorte gegessen hab, saß 'ne Großfamilie am Nebentisch. Ganz vergnügt muffelten die, was sie mitgebracht hatten: Bouletten, Kartoffelsalat und mindestens einen halben Meter Streuselkuchen. Kommt der Kellner und sagt empfindlich: »Herrschaften, dit geht aber nich. Wir sind'n Lokal, und da müssen Se was bestellen.«
Meint der Familienvater gemütlich: »In Ordnung. Bestellen Se dem Wirt 'n schönen Gruß von uns, und er möchte 'n bisschen schöne Musike machen.«

Fanpost

Verehrteste, ich bin verrückt nach Ihnen. Wenn Sie nicht mit mir ausgehen, töte ich mich.

P.S.: Für den Fall, dass Sie nicht wollen, geben Sie diese Zeilen an eine Kollegin vom Ballett weiter.

➤➤➤

Alpträume

Himmel, war dit schrecklich heute Nacht. Ich stand vor einer Tür, an der ein Schild baumelte, und habe versucht, mit meinem ganzen Körpergewicht diese Tür aufzustoßen – ging aber nicht. Mir is der Angstschweiß ausjebrochen – aber je doller ick mich dagegen schmiss, desto zu'er blieb se. Bis ick mit letzter Kraft noch mal 'n Auge auf dit Schild warf – und wat stand da? »Bitte kräftig ziehen!«

➪

Dienstgespräch mit dem Malermeister

Sagen Sie: Zwei Zimmer, Küche, Bad – wat kostet dit? 500? Hm. Und wenn ick selber mithelfe? Denn 1000?

Kleingeld

Als ich neulich dem Klempner Trinkgeld geben wollte, hatte ich dummerweise bloß 'n Hunderter. Meint er locker: »Macht nischt, junge Frau, manche Kunden jeben sojar noch weniger.«

GUTE FRAGE

Als Henne ihre Hörergemeinde ermunterte, sich ein paar Quizfragen auszudenken, kam sogleich die erste gutmütige Reaktion aus dem Prenzlauer Berg: »Ick frage mir, for wat Se überhaupt Ihr Jeld kriegen,wenn wa ooch noch Ihre Arbeit machen sollen?«
»Komisch«, hat Henne sich gewundert, »genau dit hat mein Chef gestern auch jefragt.«

*

Zumutung

Neulich jeh ick zu der Gentzmer, um mit ihr über meine Show zu sprechen, und komme grade dazu, wie die mit zwei Handwerkern, die ihre Heizung reparieren sollten, am Kaffeetisch sitzt und den

Jungs ihren selbstgebackenen Streuselkuchen – der tatsächlich 'n bissel hart wie Marmorkuchen geraten war – anbietet. Kuckt der eine Mann den Hund an, der mit traurigem Boxerblick neben dem Tisch sitzt, und sagt: »Stimmt's, du wunderst dir ooch, wat wir Menschen so allet fressen müssen?«

♦

ALTBEWÄHRT

Oho – die Familie Müller aus dem Erzgebirge kennt ein »eisenhaltiges Abführmittel«: »Handschellen.«
Ach nee, ick bleibe lieber bei Früchtewürfeln, bei den anderen Abführmitteln macht man immer solchen gefassten Eindruck.

✓

Entzugserscheinungen

Dit Rauchen hab ich mir ja nun endlich abgewöhnt.
Dafür steh ick jetzt nachts in der Küche und koche mir in der Pfanne Bonbons.

Ausgeplaudert

Eines Tages fand Henne im Studio das Notizbuch ihres Chefs. Diskret wie sie war, hat sie umgehend die »wichtigsten« Stellen ihren Hörern zum Besten gegeben:

»Dit halte ick nich aus.
Hier – da steht am

1.7. Zeitungsinserat für weibl. Bürokraft: 12 Mark.
3.7. Blumen für obige Bürokraft: 10 Mark,
5.7. Pralinen und sonstiges für obige: 50 Mark,
8.7. 1 Schachtel Kekse für meine Frau: 3,50 Mark,
15.7. Gehaltszulage für Bürokraft: 100 Mark,
20.7. Opern-Besuch mit obiger
und Abendessen: 250 Mark,
21.7. Pelzmantel für meine Frau: 1000 Mark.
25.7. Zeitungsinserat für männl. Bürokraft: 12 Mark.«

✖

Nachdem sie sich das Rauchen abgewöhnt hatte

»Kinder, könnt Ihr nich endlich aufhören mit Eurer Quarzerei? Dit sieht ja hier aus wie in der Hölle.«
Die Kollegen ehrfürchtig:
»Henne scheint schon überall gewesen zu sein.«

»Fisch macht schlank!«

Hab ick probiert. Ich sage im Restaurant zu dem Ober: »Bringen Sie mir bitte ’ne kleine Portion Walfisch.«
Hatten se nich.
Dann eben Haifisch – oder Sägefisch – oder gedünsteten Goldfisch.
Hatten se auch nich.
Als ick schließlich ganz verzweifelt ’n Stück Schwertfisch verlangte, hat der Kellner mich einfach sitzen lassen. Tja – an mir liegt es nich, dass meine andere Hälfte hier immer noch neben mir auf’m Stuhl sitzt.

✓

Der feine Unterschied

Was sind Begriffe wie »Haus und Hof« und »Heim und Herd« gegen solche wie zum Beispiel »Spinat und Ei«.

✌

EINSICHT

Familie is jut. Aber – wenn man dauernd »auf Achse« sein muss, ist es besser, man hat bloß zwee Kater.

Nach der Wiederwahl zum Fernseh-Liebling

Sehn Se, Katarina Witt und icke, wir haben unsere Preise wieder erkämpft. Kati mit ihren sagenhaften dreifachen Sprüngen und ick mit meiner Doppelrolle: Funk und Fernsehen. Obwohl – 'ne jepflegte 8 könnte ich zur Not auch noch auf's Eis legen. Allerdings in römischen Ziffern.

✌

TROST

Zwei junge Hörerinnen schütteten Henne ihr Herz aus. Sie hätten für ihre Schul-Disco einen tollen Sketch geschrieben, aber kein Schwein konnte darüber lachen.
Henne: »Ach, meine beeden Hübschen, da dürft Ihr euch nischt draus machen. Was meint Ihr, wie oft mir dit so geht? Manchmal steh ick auf der Bühne, spiele mich wund – und die Leute sitzen unten und sehen mich tieftraurig an. Neulich bin ick aber mal ausgerutscht und verdammt schlimm auf'n Hintern jeknallt – da haben se alle jelacht und sich auf die Schenkel jehaun. So leicht sind Menschen oftmals zu amüsieren.«

KARRIERE ALS KLOFRAU

Wat meinen Se, wat ick für die paar Closetts hier Pacht zahle? Für dit Jeld kriegen Se'n Luxus-Appartement inne Karibik. Eigentlich müsste hier noch 'n Stall dran sein für den Esel, der die Wucherpreise bezahlen muss.

Durch die hohen Steuern komm ick natürlich langsam auf'n Hund. Aber beschwerste dich darüber auf'm Finanzamt, brummen die einem noch Hundesteuer uff.

Deshalb fahre ick auch immer noch Trabant, der kostet kaum Steuern, weil er praktisch als motorisiertes Nummernschild jüldet.

Mein Jeschäft hier is natürlich Stress pur. Wenn ick überlege, dass den Tag über fast die janze Welt durch meine Toilettentür jeht, wunder ick mich, dass ick noch so normal jeblieben bin.

Jott sei dank bin ick sprachbejabt, denn man kann ja nich verlangen, dass Touristen, die aus so 'ne kleene Länder wie z.B. Australien kommen, wegen ihr menschliches Bedürfnis Deutsch lernen.

Allerdings is mir schon passiert, dass ick mich bei einer Französin statt »merci« mit »merde« bedankt – und einen Herrn Yamamoto mit »Hossa hossa, Senor« anjetrieben habe.

Ick meine, denken tu ick oft wie »Götz von Berlichingen«, aber hören tun se von mir nur: »Mit 5 Mark sind Sie dabei, gnä Frau« – »wünsche einen schönen Gaudeamus, Herr Professor«.

Junge, wenn ick noch an meine Anfangszeit denke, da musst ick außerdem noch die Ausweise kontrollieren, wegen dem Umrechnungskurs.
Da stand ick mit einem Bein kurz vorm Herzintakt. Die janzen Pässe – dazwischen mit'm Lappen über die Damen und Herren – und im Kopp die Wechselkurse. Rejelrechte Dramas haben sich da vor meine Brillen abjespielt, wenn ick sagen musste: »Tut mir leid, meine Dame« – oder uff römisch: »Tutti mio Lido, Bambina«, wenn Se Ihren

Pass und die Umtauschbescheinigung nich ordnungsjemäß bei sich führen, müssen Se die paar Troppen leider leider ...!
Aber nun sind wir ja alle gleich. Diese bekloppten Erfindungen vonne Politiker: Ost – West – Nord – Süd – allet Quatsch. Schnell muss et jehn. Müssen müssen se alle – ob arm oder reich. Und ick bin die Konzern-Chefin, zu der se alle kom-

men, um ihr Jeschäft zu machen. Wo solln die Touristen ooch hin, bei die Preise, wa? Die kommen ja meistens erst bei mir uff de Toilette zur Besinnung.
Na ehrlich: 8 Tage Spanien, davon 4 Tage im Stau – eenmal übernimmt Vater für 20 Meter dit Steuer – denn Mutter für die nächsten 10 Meter – die wissen ja hinterher jar nich mehr, wo se überall waren – da müssen se erst uff ihre Kofferanhänger kieken. Und wat haben se schon jesehn? Hochwasser in Venedig – Hinterhöfe in Las Palmas – und ein Essen, so einen Fraß hätten se zu Hause ooch haben können. Wissen Se, wat 'ne Dampferfahrt auf'm See Genezareth kostet? 30 Dollar! Keen Wunder, dass Jesus da lieber zu Fuß rüberjeloofen is.
Meine Karriere – also der Handel mit Viktualien – is mir natürlich nich anne Wiege jesungen worden. Ick persönlich halte mich für'n Allround-Talent – aber dit war ja bei uns nich jefragt. Für allet brauchteste 'n Schein – und um den zu kriegen, haben einen janze Kommissionen über Maximum- Lenimum ausjequetscht, bis de vor lauter Verzweiflung jestanden hast, dass du den erfunden hast.
Trotzdem: Hier drinne fühle ick, dass ick dit Zeug zu eine erstklassige Serien-Darstellerin hätte. Schon in unserem Mehrzweck-Theaterzirkel war ick so dramatisch, dass die Leute sich vor Lachen jebogen haben. Und dit is selten bei »Iphigenie«.

Die schönen Seiten des Lebens

Henne beim Verzehr ihrer aufgewärmten Kartoffelsuppe:

*»Hm –
schmeckt dit
schöön!«*

✌

Frau Wirtin hatte eine Helga

Früher, als ick noch in Leipzig an der »Pfeffermühle« war, habe ick jahrelang zur Untermiete jewohnt. Bei einer sehr kultivierten Dame. Kultiviert war die natürlich nur, solange man seine Miete pünktlich jezahlt hat.

✏

Mit 'nem Teelöffel Zucker ...

Vorhin war mir jar nich jut. Irgendwas muss mir auf'n Magen jeschlagen sein. Jedenfalls bin ich vor der Sendung hier regelrecht zusammenjesackt. Meine Kollegen wollten sogar einen Arzt holen, bloß Achim hat gesagt: »Quatsch! Wat die braucht, is'n Cognac!« Aber die andern waren nich zu bremsen, wollten sojar 'ne Trage oder wat aus der Hausapotheke anschleppen. Bis ick dem Treiben ein Ende jemacht und jesagt habe: »Zum Donnerwetter, hört doch endlich mal auf Achim!«

✌

Kuck mal, wer da pennt!

Nachdem unser 17. Urlaubstag auch verregnet war, sind wir für eine Nacht ins Warnemünder Hotel »Neptun« jezogen. Leider war da aber nichts weiter frei als dit Hochzeitszimmer. Und da is oben an der Decke 'n riesiger Spiegel, ja? Ick kann Ihnen sagen: Da konnte ick zukucken, wie mein Mann sich im Bette rasiert hat.

✔

Nachts ging das Telefon

Nachts um zwei ruft se mich an, meine Freundin Inge Nass, die in Bad Liebenstein zur Kur is, und quasselt los: »Henne, ich muss unbedingt früher nach Hause, mit Männe stimmt irgendwas nicht. Stell dir vor, ich habe ihn in der kurzen Zeit, die ich hier bin, mindestens dreimal gebeten, mir Geld zu schicken – und jedesmal hat er's mir postwendend zugesendet.«

Jogging for herself

Mann, hab ick wieder einen Muskelkater. Mein Ballettmeister hat mich wieder wie einen Sack Lumpen durchgewalkt. Ja – hilft nischt – muss sein, sonst hab ick auf der Bühne keine Kondition. Jut wäre natürlich, wenn ick öfter mal joggen würde, aber sowat jeht ja nur im Sommer, wenn die Nachbarn einen alle sehn. Jetzt rennste dir im Dustern die Lunge aus'm Hals – und alles ohne Beifall vom Publikum? Och nee.

✗

Happy Birthday

Am Dienstag hatte ick ziemlich viel Besuch zu Hause, Sie wissen ja, mein Jeburtstag. Ging hoch her, wie dit so is, wenn man dit janze Ballett vom Friedrichstadtpalast mit Jetränken satt machen muss. Jegen Morgen hab ick dann mehrere Taxen bestellt und den Fahrern jenaue Anweisungen jejeben, wo jeder der Volltrunkenen aussteigen muss. Aber nach 10 Minuten war ein Taxi schon wieder da, und der Fahrer meinte: »Frau Hahnemann, könnten Sie bitte die Fahrgäste nochmal durchsortieren? Ick musste nämlich eenmal scharf bremsen, und nu liegen se leider alle durcheinander.«

Schon wieder eine Seele vom Alkohol gerettet

Vor ein paar Tagen hab ick in meiner Stammkneipe Heils-Armee jespielt. Ick konnte dit nich mehr mit ansehn: Da stand 'n Mann am Tresen und hat die Biere hektoliterweise wegjegluckert, obwohl er schon voll wie 'ne Haubitze war. Ick also hin zu ihm und janz behutsam anjefangen: *»Mann, dit is doch total verkehrt, wat Sie hier machen. Wissen se nich, wieviel DDR-Bürger jährlich an Alkohol sterben? Wollen Sie der nächste sein?«* Glotzt der mich mit glasigen Augen an und lallt: *»Bestimmt nicht! Is bin nämlich ein Swede! Skål!«*

Traum-Job

Na, dit s ja 'n Ding hier inne Zeitung: ***»Raffinierter Juwelendieb gesucht!«***
Junge, Junge, wat dit nich allet für Stellenangebote gibt.

➢

Falscher Fuffziger

Stell dir vor, Achim, jestern hat mir in der Kaufhalle jemand 'n falschet Jeldstück anjedreht. Doll, was? Nee, kann ick dir nich zeigen, damit hab ick doch längst beim Bäcker bezahlt.

*

Doppelt oder nichts

Dit darf doch nich wahr sein: »Dicke zahlen doppelt!« Wo is denn dit? Ach – in Simbabwe. »Damit werde Forderungen der Taxifahrer Rechnung getragen, die sich immer wieder über die übergewichtigen Fahrgäste geärgert hätten. Jeder Dicke nehme soviel Platz ein wie zwei dünne Fahrgäste.« Na, da können die in Simbabwe lange auf mich warten, eh.

Zum Abgewöhnen

Ich hatte meiner Freundin erzählt, dass ick mir erstens dit Weißweintrinken, zweitens dit Essen, drittens dit Rauchen unbedingt abgewöhnen will. Sagt se: »Mensch, Henne, versuch's doch mal mit Yoga.«

Zuerst dachte ick: Quatsch! Allet Humbug! Aber inzwischen bin ick begeistert davon: Jetzt kann ick nämlich sogar trinken, wenn ick Kopp steh.

Kaiserschmarren

Ick hab'n Onkel, der hört auf den schönen Namen Wilhelm. Und meine Tante Martha, die muss immer höllisch aufpassen, dass se immer ihr Wirtschaftsgeld pünktlich von ihm kriegt. Donnerstag, da war's wieder so weit – sie ruft drohend aus der Küche: »Wilhelm! Der Erste!« Ruft Onkel aus'm Nebenzimmer: »1861 bis 1888!«

Mit 5 Mark sind Sie dabei

Wir – unser Team hier – haben uns vorgenommen, täglich nur noch höchstens 5 Zigaretten zu qualmen. Für jeden Glimmstengel, den man mehr raucht, muss man 5 Mark in unser Sparschwein stecken. Mir macht dit überhaupt nischt aus, jeden Tag bloß 5 Stück – aber unsere Bruni wird mächtig daran zu knabbern haben. Die is nämlich Nichtraucher.

»One – two – three – four – fire!«

Apropos Nichtraucher: Heute Nacht hab ick auf'm Nachhauseweg schnell noch am Hauptbahnhof jetankt – und an der einen Zapfsäule, da stand 'n Mann und stand und stand, obwohl er überhaupt kein Auto bei sich hatte. Ick sage zum Tankwart: »Wat is denn dit für einer? Überlegt der, ob er eure Kasse klauen soll – oder is der nur nich janz dicht?«
Meint der Tankwart: »Tja, der lungert hier schon stundenlang rum. Ick nehme an, der will sich dit Rauchen abjewöhnen.«

✔

Mal muss ja schließlich Schluss sein!

Henne zum Klempner –
nach getaner Arbeit:
»So, Meister, darf ick Ihnen jetzt
'n Kaffee anbieten?«
Der:
»Dit is doch nich Ihr Ernst,
junge Frau?
In meiner Freizeit?«

✻

Einnehmendes Wesen

Beim Ausfüllen der Steuererklärung: »Wat steht hier? Einnahmen! Hm – muss man da alle Einnahmen angeben? Ja? Also denn: Morgens 20 Tropfen wegen Kreislauf – mittags 1 Rudotel – abends 'ne halbe Baldrian ...«

*

Revue mit Pauken und Trompeten

Als ick gerade zum Friedrichstadtpalast fahren will, kommt Hugo, mein Nachbar, zu mir und sagt: »Sagen Se mal, könnt ihr meine Olle nich in euern Programm jebrauchen? Denn könnt ick endlich mal wieder in meine Kneipe jehn, wo ick schon tausend Jahre nich mehr war.«
Ick sage: »Traudl? In der Revue? Die is doch überhaupt nich musikalisch.«
Meint er erstaunt: Wat is die nich? Haben Se denn etwa noch nie jehört, wie die allet ausposaunt und wie 'ne Verrückte die Nachbarschaft zusammentrommelt?«

Hausfrauentugenden

»Ick habe grade überlegt, was ich heute noch alles machen werde? Autowaschen?
Quatsch, wird ja doch gleich wieder dreckig.
Fensterputzen?
Blödsinn, bei dem Wetter?
Wäsche? Äh – trocknet ja doch nich.
Tja – was für Schwerstarbeit könnte ich sonst noch leisten? Ah – ich weiß: Ick mach 'ne Flasche Wein auf.«

*

ENTRÜSTETE KOLLEGEN

»Wo die Hahnemann bloß diese ganzen ordinären Ausdrücke gelernt hat?«
HENNE, *stolz*: »Gelernt, Ihr Blödis? Dit is meine Begabung!«

Fotonachweis: Erwin Buge (49), Waltraud Denger (25), Christine Nerlich (30, 71, 89, 91), Bernd Nickel (36), Hartmut Schorsch (Umschlag, 6, 15, 75, 64), A. Wawro (115), Klaus Winkler (51, 55, 81, 102), Stadtmuseum Berlin (30, 31, 46, 49, 52, 71, 74, 78, 86, 89, 91, 115, 120).

Leider war es uns nicht bei allen Fotos möglich, die Urheber zu ermitteln. Honoraransprüche sind nicht beeinträchtigt und werden gewahrt.

ISBN 3-359-00991-6

Verlagsgesellschaft mbH & Co. KG
Rosa-Luxemburg-Str. 39, 10178 Berlin
Umschlaggestaltung: Ulrike Haseloff, unter Verwendung zweier Fotos von Hartmut Schorsch
Typographie: Jens Prockat
Druck und Bindung: Wiener Verlag GmbH, Himberg